― 書き下ろし長編官能小説 ―

湯たんぽ人妻の誘惑

美野 晶

JN053705

竹書房ラブロマン文庫

目次

この作品は、竹書房ラブロマン文庫のために
書き下ろされたものです。

第一章　同じ布団の中の誘惑

冬の海からの風が強く吹きつけ、白い雪の粒がほとんど真横から飛んできて顔にぶつかる。

「か、顔が痛え《いて》」

会社の建物を出た瞬間に、耳だけではなく頬《ほお》や額を針で刺されているような痛みを覚え、森村大貴《もりむらだいき》は首に着けているネックウォーマーを鼻のところまであげ、毛糸の帽子を被った。

（なんて寒さだ……）

東京生まれの東京育ち。都内にいたころはネックウォーマーなど着けたことがなかったが、外回りが多い営業社員には絶対に必要だと、この支社の上司にプレゼントされた。

もしそれがなかったら、会社の敷地から出られなかったかもしれない。

「うう、どうして俺がこんな場所に。なにも悪いことしていないのに」

身体を前屈《まえかが》みにしながら、細かい雪の中を大貴は歩いていく。東北の海沿いにある小さな町の支社は、借家の自宅までの距離が近くて、通勤時間が徒歩数分なのが救いだ。

二十六歳の大貴は、都内に本社のある水産物の加工の会社に入社して四年目のある日、突然、この地に転勤を言い渡された。

『まあ修行だと思って行ってこい。俺も三年ほど南のほうに行ってたしな』

会社の工場は日本全国の港町に点在していて、その近くに支社もある。本社に入社しても何年かすると地方の支社に転勤になり、また東京に戻るのが慣例だ。

「俺も南のほうがよかったよ。へっくし」

大貴が配属されたのは、東北の中でもかなり寒い地域にある支社で、周りにはいくつか大きな漁港があり、近くに自社の加工工場がある。

太平洋側で雪は少ないが、気温がマイナスになるのは当たり前で風が強い。

少ない雪もこうして降ると、小粒な氷の塊が顔にめがけて飛んでくるような感じだった。

この町に転勤してきて、しばらく経《た》っていたが、大貴はいまだにこの寒さには慣れていない。

「うう、寒う、この冬を越せるのか俺」

支社のある小さな町はすぐそこが海で、今日みたいに曇り空の日は鉛色の海面が気分を落ち込ませる。

大貴はこちらでの家となる、平屋の借家にたどり着いたが、木造の家屋は玄関を入っても冷え込んでいて、さらに気持ちが落ち込みそうだ。

靴を脱いだ大貴は、居間となる畳の部屋にある、ガスヒーターのスイッチを押した。

「あれ？」

ボタンを押してカチカチという音はするが、肝心の温風が出てこない。

「故障かな」

とりあえず寝室として使っている部屋に行って、別のガスヒーターを動かそうとするがこちらも反応がない。

「嘘だろ……」

二台動かないとなるともしかしてガスが来ていないのか、慌てて台所にあるお湯の蛇口を回してみるがこちらも湯気は立たず、触れたら氷水のような冷たさだった。

「ええっ」

この家のヒーターはすべてガスで、壁のエアコンもクーラーのみの機種だ。

古い建物の台所はことさら寒い。なんとかしなければ凍《こご》えてしまうと大貴はコートを着直して玄関を出た。

「すいません、いらっしゃいますか」

大貴は隣にある、同じ構造の平屋の建物のインターホンを押した。ここにはこの借家の家主が住んでいる。

夫婦で暮らしているはずだが夫のほうは見たことがない。妻のほうは三十歳代だろうか、丸顔で色白の、憂《うれ》いを感じさせる美熟女《びじゆくじよ》だ。

「すいません、森村です」

古い家なのでインターホンというか、ブザーを押しながら大貴は声をかけ続ける。

美熟女は香菜子《かなこ》と言い、その容姿があまりに大貴の理想にぴったりなので、会うたびに照れてしまうのだが、いまはそんなことを考えている場合ではない。

「はあい、どうしました」

名字は松野《まつの》という香菜子は、声も優しげだ。すぐに玄関の灯《あか》りがついてドアが開く。

中から出てきた色白の美女は、家の中にいたというのに、コートにマフラーの完全防寒だ。どこかに出かけるところだったのだろうか。

「お忙しいのにすみません、ガスがまったく出ないんです」

「ええっ、森村さんのところもなの？」

大貴の言葉に香菜子は、切れ長のまつげが長い瞳を見開いている。

「えっ、もしかして、大家さんのところもですか？」

香菜子の様子を見て、すぐに大貴は彼女の家のほうもガスが止まっているのだとわかった。

寒いこの地域ではとにかく強めに暖房を入れるので、どこの家でも入口の扉が開かれると暖かい風がきたりするのだが、それもまったくない。

「そうなの、朝から止まってるの。ガス屋さんに連絡したけど修理は明日になるって言われてしまって」

最近、この地域の冷え込みが厳しかったので、ガス機器や水道管の破裂などが多く、工事の手が足りないらしいと、香菜子は言った。

「よくあるのですか、こういうの」

「そうね、うちは二度目だけど、二軒同時は初めて……ごめんなさい」

香菜子は申しわけなさそうに頭をさげている。古い建物だから新築に比べてこういうことが起こりやすいと。

「い、いえ、そんな大家さんが悪いわけじゃないですよ……でもどうしようかな」

いまからビジネスホテルを探すか、だがこの田舎《いなか》の海沿いの町にはそんな宿は見たことがない。

調べたら旅館などはあるかもしれないが、いまから泊まれるのだろうか。

「あの……よかったら晩ご飯だけでもうちで食べていって。暖かいものを出すから」

不慣れな冬の田舎町に混乱するばかりの大貴に、香菜子がまた申しわけなさそうに言った。

「え、いや、そんなとんでもない、お邪魔するなんて」

ここに引っ越してきて数ヶ月になるが、香菜子の夫を見たことがない。

玄関の中を覗《のぞ》き込んでも男物の靴もないし、なにかの事情で別に暮らしているとしたら、人妻だけの家にあがり込むのはどうかと、大貴は遠慮した。

「お願い、そのくらいさせて……」

香菜子は小さな声で言うと、大貴の手をその白い両手で握ってきた。すがりつくような表情を見せる美熟女に、もう断るなど出来なかった。

夕飯は鍋だった。香菜子の家のほうは朝からガスが故障していたので、昼間にカセットコンロを購入して準備をしておいたらしい。

「美味《おい》しいです」

地元で獲れる新鮮な魚介類を使った鍋はほんとうにうまかった。中に入っている野菜にも魚の出汁《だし》がよく染みこんでいた。

「たいしたものじゃないわ、お魚と野菜を買ってきてお鍋に入れただけ」

香菜子の家にはコタツがあり、足元を暖めてくれている。そして部屋も鍋の湯気でほんのりと温《ぬく》もっていて、ガスが止まった絶望感も癒《いや》されていた。

「でも美味しいって言ってくれて嬉しいわ。そんなのいつ以来かしら」

香菜子ははにかんだように笑った。切れ長の瞳を糸のように細め、セクシーな感じのする厚めの唇の口角があがっている。

笑うと頬にえくぼが出来るのが、可愛らしさも感じさせた。

（ほんとに美人だ……）

大貴は鍋を挟んで向こう側にいる美女にただ見とれていた。抜けるように色が白い素肌は化粧をしている感じもないのに透き通っている。

そして目線を下げると、彼女の胸元が大貴を惑わせる。

（厚着だったらわからないけど……すごい）

さっき玄関に出てきたときは家の中なのにコートを着ていた彼女だが、さすがに食事のときは脱いでいる。

冬用の厚手のタートルネック。なのに胸のところの突き出しがすごい。身体そのものは細身《ほそみ》でウエストもかなり引き締まっているので、よけい胸が強調されている。

「あら、沸騰《ふっとう》してきちゃった」

鍋が煮立ってきたのでカセットコンロを調節しようと腕《うで》を伸ばしただけで、布にくっきりと形が浮かんだ乳房が弾《はず》んでいる。

熟した女の巨乳の動きに、若い大貴の目は釘付けだ。

「ん、どうしたの？　お箸《はし》が動いてないけど」

じっと黙って見つめている大貴に香菜子が気がつき、不思議そうな顔で言った。

「あ、いえ、あのご主人はまだお仕事かなと思って……」

まさかあなたのおっぱいに見とれていましたなどと言えるはずはなく、大貴はごまかすように言った。

「ああ……うん……いまちょっと事情があって別に住んでるのよ」

それを聞いた香菜子は顔を少し伏せてそう言った。整った顔もどこか憂いのある表情に変わった。

「そ、そうですか……」

事情がなんなのか聞けるはずはない。仕事で出張とか、大貴のように転勤とかなら、そう答えるように思うのだが……。

「でもほんとうにこのお魚美味しいですね。僕が調理してもこうはなりません、いちおう魚のプロですけど、ごほっ」

もちろん大家である香菜子は大貴の勤め先は知っているので、自虐っぽく大貴は言ってみせた。そのとき暗い雰囲気をなんとかしようと、声を大きくしたせいか、少しむせる。

おかげで、口の中のものがコタツの上のテーブルに飛んでしまった。

「す、すいません、松野さん」

飛んでしまった食べクズを大貴は慌てて拾おうとする。

「いいのよ、気にしないで」

香菜子は優しく言うと、そばにあったティッシュペーパーを取って、拭《ふ》き取ってくれた。

そのとき大貴の手と彼女の手が密着してしまった。

「ごめんなさい」

鍋を食べたおかげか温かさを感じる白い肌。そしてその肌質は見た目のとおりに艶《つや》やかで滑らかだった。

ずっとくっついていたいが、そうもいかず腕を離した。

「い、いいのよ」

そんな大貴の反応を見て、香菜子も少し恥ずかしそうにしている。ほんのりとピンクに染まった頬がまた艶《なま》めかしい。

「あの……松野じゃなくて、香菜子でいいから……ね……」

気を遣わなくていいと香菜子は言うと、大貴の器に鍋の中身を取ってくれた。

「はい……では僕も大貴で……」

それを受け取りながら大貴もそう返した。器をもらうときに指が触れあい、それだけでまた顔が熱くなる。

(だめだ……相手は人妻だぞ……)

人様の奥さんを相手に、どうしてこんなに胸をときめかせているのか。たしかに彼女は大貴のタイプではあるが、許されないことだ。

「じゃあ、大貴くんって呼ぶね。大貴くん、今日はここに泊まっていって」

「えっ」

彼女が言ったその言葉に、大貴は目を剝《む》いた。

「向こうに帰ってもまた寒い部屋だし。お鍋したからここの部屋のほうが暖かいからね、今晩は寝ていって」

寒いところに戻ったら、せっかく暖まった身体も台無しだと、香菜子は言った。

「それに、ひとりよりふたりで寝たほうが部屋の温度も下がりにくいしね」

香菜子はにっこりと笑って、大貴を見つめてきた。その表情はまるで子を思う母親のように見えた。

(そうだよな、俺なんか男として見てないよな)

大貴と香菜子の歳の差は十歳近くあるだろうか。彼女は大貴のことをきっと男として見ていないのだ。

先ほど手が触れあったときに、香菜子も少し照れていたように思ったが、それはきっと大貴の勘違いだ。

彼女の美しさに惑わされるあまりにそう見えたのだと、大貴は思うことにした。

「じゃ、じゃあお世話になります」

なにかを期待しているわけではないが、胸の鼓動が驚くほど速くなっていくのを感じながら、大貴は頷《うなず》いた。

彼女の言ったとおり、夜が更《ふ》けても部屋の中はほんのりと暖かいままだった。そこに布団を並べて電灯が消される。

(ね、眠れねえ……)

夜の海から強い風の音が、灯りを落とした部屋に響いていた。

わずかに隙間が空いた隣の布団に美熟女が寝ている。そう思うと目がギンギンに冴えて眠れるはずもなかった。

(さっき見たパジャマの中……ノーブラだった……)

布団に入る前、ピンク色のパジャマを着た彼女の乳房がやけに弾んでいた。しかも布越しにボッチまで浮かんでいたのだ。

驚くほど膨《ふく》らんだ乳房がフルフルと揺れる姿が目に焼きついていて、とてもじゃないが眠れるはずがない。

(お尻も丸くて大きかった)

見てはならないのはわかっているが、若い大貴の目は、細身の上半身とは逆にムチムチとした感じのヒップもしっかりと捉えていた。

「うう……」

香菜子が夫用に買っていたという、新品のパジャマを借りて着ている身体を、布団の中で何度も、大貴は寝返りさせていた。

新品のパジャマが入っていた透明のビニールが古びていたのが、少し気になっているが、頭の中は人妻のグラマラスな肉体でいっぱいだ。

「ハ、ハクション」

どのくらい時間が経っただろうか。寝返りをうったときに布団の中に冷たい空気が入り、少し身体が冷えてしまっていた。

「大貴くん、寒くて眠れないの？」

くしゃみが出てすぐ、暗闇の中で香菜子の声がした。

「い、いえ、そういうわけでは」

慌ててそう言ったとき、暗い中で香菜子が身体を起こす様子が見えた。

「えっ」

暗いとはいっても完全な暗闇ではなく、廊下の灯りがついているので、襖《ふすま》の隙間から少し光が漏《も》れている。

目も慣れているので香菜子が近づいてきているのだとわかる。彼女は大貴の掛け布団をめくると、自分の身体を入れてきた。

「え、ええっ、香菜子さん」

驚いて目を剝いた大貴に、香菜子は向かい合って、身体を密着させて横たわった。

「ごめんね寒い思いをさせて。ふたりで一緒に寝たら少しは暖かくなると思うから」

静かな声でそう言った香菜子は、大貴の肩を持って自分のほうに引き寄せた。

(う、うわ、おっぱいが……)

大貴の頭が彼女の腕に包まれるような形になったので、パジャマの薄い布越しに柔らかいものが頬にあたっている。

母親が子供を抱き寄せたような体勢だが、大貴の心は癒されるどころかさらに昂《たか》ぶっていく。

(うう、大きくてフワフワ)

立派な男である大貴がこんな状態で眠れるはずがない。血液が一気に下半身のほうに流れていった。

(ま、まずい……)

肉棒が勃《た》ちあがろうとしているのを感じ取った大貴は、懸命《けんめい》に歯を食いしばった。

顔も体格もごく普通といったところの大貴だが、肉棒だけはなぜか大きく、銭湯などにいくと注目を浴びてしまうし、友人たちにもよく冷やかされた。

そんな愚息が勃起状態になったら最後、絶対に気づかれてしまうと、腰を少しうしろに引いた。

「どうしたの、息が荒いけど、大丈夫？」

香菜子はもぞもぞと動いている大貴を心配そうに見つめる。薄闇の中、彼女の厚めの唇が艶やかに見えた。

「きゃっ」

もう大貴の逸物《いちもつ》は止まれるはずもなく、完全に勃起してしまった。

パジャマのズボンの腰のところから亀頭がはみだしそうな勢いのそれに、さすがに香菜子も気がついたようだ。

「す、すいません、僕、やっぱりひとりで」

都会から来て寒さに慣れていない大貴が凍えないようにと、母のように気遣ってくれる香菜子の太腿《ふともも》に、勃起した肉棒を押しつけてしまった。

大貴はあまりの申しわけなさに布団から出て、自分の家のほうに戻ろうと思った。

「まって……そのままじっとしていていいの」

少し遠慮したような瞳で大貴のパジャマを摑《つか》んで言った香菜子は、もういっぽうの手を下に伸ばしてきた。

艶やかな感じのする手が大貴のズボンの中に入って肉棒を掴んだ。

「え、香菜子さん、うっ」

香菜子の手はガチガチの愚息《ぐそく》を掴むと、ゆっくりと指を絡《から》みつかせてきた。

滑らかな質感の細い指が、亀頭のエラや裏筋といった男の敏感な部分を優しく擦《こす》りあげていく。

「くう、香菜子さん、うう」

なぜ香菜子が自分の肉棒をしごいているのか。頭が混乱して理解が追いつかない。

彼女はさらに手のひらまで使い、そのしっとりとした肌で怒張を擦り続ける。

「うう、そんな、はうっ、ああ」

憧れの美熟女にしごかれている。それだけでもう大貴は興奮の極致なのに、彼女のしごきあげはソフトな上に男のポイントを巧みに責めている。

熟した女のいたわるような指の動きは、自分でするときよりも遥かに気持ちいい。

ここ数年は恋人がいない大貴は、布団の中で身体をずっとよじらせていた。

「ああ……大貴くん、こんなに固く」

「くうう、香菜子さんの指が気持ちよくて」

喘《あえ》ぎながら大貴は、こちらを向いて囁く香菜子の顔を見つめた。

薄暗い中で頬を赤く染めた香菜子は、唇を少し開きそこから湿った息を漏らしている。切れ長の瞳も潤《うる》んでいて、普段は清楚《せいそ》な彼女とはまったく違う。

「香菜子さん、うう、くう」

どこかうっとりとした目つきで自分の肉棒をしごいている美熟女に、大貴はさらに興奮を深めていく。

そしてもう我を忘れて、目の前にある香菜子のパジャマのボタンを外した。

「大貴くん、ああ……」

香菜子は嫌がる様子など微塵《みじん》も見せず、大貴にされるがままにパジャマの中の乳房を晒《さら》した。

大貴に寄り添っている横寝の状態の美熟女の巨乳が、その姿をついに現した。

「か、香菜子さん、すごく大きなおっぱいですね」

開いたパジャマの間から飛び出しているという言葉がぴったりに思うほど、巨大な肉房がその姿を見せつけている。

乳輪も乳房なりに大きく、ぷっくりと盛りあがっているのがまたいやらしい。大貴はその中心にある突起に、もうなにも考えずに吸いついた。

「あ、大貴くん、そんな、あ、ああ」

かなり強引な感じで乳首に吸いついたので、香菜子は驚いたような顔をしている。布団の中で密着しているので、彼女の身体がブルッと震えたのがわかった。

「すいません」

その厚めの唇を大きく開いた香菜子を見て、大貴は思わず唇を離した。

「ううん、謝らないで……少しびっくりしただけだから、その……」

香菜子は変わらず大貴の肉棒をしごきながら、恥ずかしそうに目を背《そむ》け、次の言葉を口にする。

「いいの、やめないで……」

頬を赤くした香菜子は、大貴を見ないまま、消え入りそうな声で言った。恥ずかしいのを懸命に我慢して、言葉を振り絞っている感じだ。

「は、はい」

彼女も望んでいる。大貴はもう頭の芯まで熱く痺《しび》れていく。寒さも、彼女が人妻であることも忘れ、目の前の巨乳を手で揉《も》みしだき、乳頭に吸いついた。

「あ、ああ、大貴くん、ああ、だめ、そんな風にしちゃ、声が」

こんどはさっきのように強くは吸いつかず、乳首を舌先で転がしながら優しく吸いあげていく。

すると香菜子の声がさらに大きくなり、布団の中の細身の身体が引き攣《つ》った。

同時に肉棒を握る手に力がこもり、強くしごきあげ始めた。

「うう、香菜子さん、それ」

「ああん、大貴くん、ああ、私、ああん、たくさん声が出ちゃう」

掛け布団の下で向かい合って身体を密着させながら、大貴と香菜子は甘い声をあげ続けた。

肉棒が痺れるような快感に翻弄《ほんろう》されながら、大貴は懸命に暴走しそうな自分を落ち着かせ、ふたつの乳頭を交互に舐《な》めていく。

「あ、ああん、あああ、いやん、あああん」

香菜子の声もどんどん淫《みだ》らになっていく。さらに蕩《とろ》けていく美熟女の乳房をゆっくりと揉み乳頭に舌を絡ませる。

完全に勃起している乳首が固いいっぽうで、白い乳房のほうは指がどこまでも食い込んでいきそうな柔らかさだ。

ずっとこの巨乳を堪能《たんのう》していたいが、大貴はあることにも気がついていた。

(香菜子さん……ずっと腰が動いてる)

布団の中にあるから目では確認出来ないが、彼女の下半身がずっとよじれている気がする。

香菜子はそれを望んでいるのだろうか、恐る恐るながら、大貴は指を彼女のパジャマのズボンの中に入れた。

「あっ、大貴くん、そこは、あ、あああん」

見えないまま、みっしりと生い茂った陰毛を掻《か》き分け、彼女の女の部分をまさぐりだす。

そこにある小さな突起に指を這わせると、一気に喘ぎが大きくなった。

「あ、ああ、だめ、ああ、あああん」

布団の中で衣擦《きぬず》れの音を立てながら、香菜子はひたすらに腰をよじらせている。

その動きに合わせて大貴の目の前にある巨乳が、フルフルと波を打っていた。

(もうすごく濡れてる……)

そしてその奥にある女の入口は、熱い粘液に溢《あふ》れかえっていた。触れただけではっきりとわかるほどの大量の愛液で、大貴は指を二本束ねて中に侵入させる。

「ああ、ひあっ、そこは、あ、ああん、あああ」

ここでも香菜子は敏感な反応を見せる。前開きになったパジャマの上半身をのけぞらせ、厚めの唇を割り開いて喘ぐ。

そしてさらに力を入れて、肉棒を握り、亀頭のエラや裏筋を擦ってきた。

「うう、香菜子さん」

大貴もこもった声を漏らす。彼女のしごきあげのたびに腰が震えて達しそうになる。

それを懸命に耐えて、濡れた膣内を激しく掻き回した。

「あ、ああ、あああん、大貴くん、あ、あああ」

彼女の股間は見えないので、ただ指を大きく動かしてピストンする。

熟女の許容力とでもいおうか、しっかりと刺激を快感に変えて、香菜子はよがり続けている。

「か、香菜子さん」

そんな香菜子の大きく開いた唇の奥に、ピンクの舌がのぞいていた。

大貴は本能のままにそこに自分の唇を重ね、舌を強く絡ませた。

「んんん、んく、んんんんん」

香菜子もそれに応えて舌を強く動かしてきた。ぬめった舌と舌が口内でねっとりと絡み合い、粘っこい音があがる。

（香菜子さんとこんなに獣のようなキスを……）

清楚で美しい美熟女。その香菜子とすべてを忘れて互いの舌を貪《むさぼ》っている。

もう大貴は身も心も昂ぶり、彼女の乳房や股間から手を離し、熟れた女体に覆《おお》いかぶさりながら舌を激しく吸い続ける。

「んんん、んんん、んんんんん」

香菜子もまた大貴の肉棒を離すと、下から腕を回してしがみついてきた。

ふたりは何度も顔の角度を変えながら、音を立てて唇を吸い合った。

「んんん……ああ……」

そんな時間がどのくらい続いただろうか。ようやく唇が離れると香菜子は大貴を見つめて湿った息を吐いた。

切れ長の瞳は妖しく蕩け、唇も半開きのままだ。その口元には溢れた唾液《だえき》が流れ落ちていた。

「香菜子さん、僕、最後までしたいです」

胸もはだけて巨乳を露出《ろしゆつ》させたままの香菜子に覆いかぶさったまま、大貴は少し息を弾ませて言った。

香菜子はその言葉になにも返事をしないまま、顔を小さく縦に振った。

「ああ、香菜子さん、んんん」

濡れた厚めの唇にもう一度キスをして、大貴は彼女の上に覆いかぶさった身体をうしろにずらす。

そしてパジャマのズボンを脱がせると、中から現れたパンティも引き下ろしていく。

「ああ、大貴くん、恥ずかしいわ」

パジャマの上も脱がすと、香菜子は仰向《あおむ》けの身体を切なげによじらせ始める。

漆黒の陰毛や、ムチムチの太腿を晒した美熟女は、薄闇の中でまるで少女のように頬を染めて恥じらっていた。

「香菜子さんの身体、すごく綺麗《きれい》でエッチです」

しっとりとした肌の内腿に触れると、指がもう吸いついていきそうだ。

肉感的な二本の脚が開かれると、肉唇が小ぶりな秘裂がすでに口を開き、中からねっとりとした愛液が溢れ出ていた。

「僕、もう我慢出来ません、いきます」

そこから漂《ただよ》う牝《めす》の香りに、さらに欲情をかきたてられた大貴は、自分も下半身裸になって香菜子の両脚の間に身体を入れた。

もう大貴は肉体も精神も完全に暴走していて、本能のまま、はち切れんばかりに勃起した肉棒を押し出した。

「あ、ああっ、大貴くん、ああ、はあん」

ただ自分の肉棒のサイズはよくわかっているので、ここだけは耐えてゆっくりと彼女の膣口に触れさせる。

硬化した亀頭がそこに触れた瞬間から、香菜子は唇を割って淫らな声をあげた。

「か、香菜子さんのここ、すごく熱いです」

寒さも忘れてしまうほど、香菜子の中は熱く蕩けていた。

そして自分のすぐ真下で美熟女は、切れ長の瞳を潤ませて喘いでいる。

「あ、あああ、大貴くんのも、ああ、熱くて、ああん、固いわ」

ここも熟した女の許容力だろうか、香菜子の媚肉《びにく》はしっかりと大貴の巨根を受け止めている。

それだけでなく、彼女はかなりの快感を得ている様子で、香菜子の表情はさらに牝の蕩けたものとなっていた。

「奥までいきますよ、うう」

そして濡れた媚肉も、欲情の昂ぶりを示すように亀頭に絡みついてくる。

肉厚のねっとりとした感触の女肉に、エラや裏筋が擦れるたびに、頭の先まで快感が突き抜けていく。

「ああ、香菜子さん、くうう」

いまにも射精しそうになるのを堪《こら》えながら、大貴は彼女の乳房を掴みながら腰を前に押し出した。

「あ、ひいいん、奥に、あ、あああん」

怒張が膣奥に達すると、香菜子は布団の上の上半身をのけぞらせ、激しいよがり泣きを見せた。

白い両手が覆いかぶさる大貴の腕を強く掴んできた。

「まだまだ、全部、入れます、くう、ううう」

大貴の巨根はまだ根元まで入っていない。膣奥から子宮口を押し込むようにして、亀頭がさらに香菜子の奥を突いた。

「え、そんな、まだ全部入ってないの、え、だめ、あ、あああああん」

香菜子は一瞬、驚いた顔を見せたが、すぐに一際《ひときわ》大きな声をあげて、白い身体をくねらせる。

自分の肉棒によって、香菜子は初めての深さを感じているのだろうか。そう思うと大貴は牡《おす》の征服欲のようなものが満たされた。

「まだこれからですよ、香菜子さん」

ようやく肉棒を彼女の中にすべて入れ終えた大貴は、すぐに本能のままに腰を動かし始めた。

彼女の股間に自分の股間をぶつけるように、怒張を濡れた膣奥に突きあげる。

「あ、あああ、だめ、あああん、ああ、奥、ああ、あああん」

大貴の腕を握ったまま、香菜子は激しく喘いでいる。

むっちりとした両脚もだらしなく開き、巨乳を揺らしながら、視線までさまよわせ始めていた。

（すごくエッチな顔になってる……）

大貴の脳裏に、ここに来てから目にしていた彼女の姿が浮かぶ。晴れた日に、平屋の前の庭で洗濯物を干している人妻の姿。地味な服装《ふくそう》をしていても美しい彼女。

そんな香菜子を自分の肉棒でよがらせているのだ。しかもまるで別人のように淫らに。

「おおおお」

大貴は彼女の両脚をしっかりと抱えると、いきり立つ怒張を全力でピストンした。

「はあああん、大貴くん、ああ、激しい、あああ、そんなに、あああん」

布団の上で身体をよじらせる彼女は、さらに喘ぎ声を激しくし、何度も頭を横に振った。

「す、すいません、苦しかったですか」

彼女の呼吸が途切れ途切れになっているのに気がつき、さすがに大貴はピストンを止めた。

自分がいくら気持ちよくても、彼女を苦しめてしまっては意味がない。

「あ、ああ、平気よ、ああ、ただ、あんまり激しくされたら私……」

「私？」

少し恥ずかしそうに濡れた瞳を瞬《またた》かせる香菜子に、大貴は首をかしげた。

苦しくて辛かったのではないのか。

「ああ、苦しくはないけど……このままじゃ私、恥を晒してしまうわ」

摑んだ大貴の腕を軽く爪先で引っ搔きながら、香菜子は切なそうに言った。

大貴の肉棒で乱れ狂う姿を晒してしまうのが、恥ずかしくてたまらないようだ。

「見せてください、いや、絶対に見たいです、香菜子さんのエッチな顔を」

大貴はほとんど叫ぶように声をあげると、止めていたピストンを再開する。

ドロドロに溶けた媚肉の中を巨大な逸物が激しく搔き回した。

「あああ、だめぇ、ああん、恥ずかしいから、ああん、ああ、でも、ああ」

恥じらいの強さを見せながらも、香菜子はどうしようもないという風に、激しくよがり、大股開きの身体を小刻みに震わせる。

それは彼女がさらに感じている震えだろうか。大貴はもっと力を込めて怒張を突き続けた。

「うう、香菜子さんの中、すごく締まってきました、くうう、僕もう、イキそうです！」

そんな彼女の反応につられ、媚肉も肉棒に対する絡みつきを強くしている。

快感に腰まで震えている大貴は、懸命に歯を食いしばって射精を堪えていた。

「はああん、今日は大丈夫な日だから、ああ、来て、ああん、あああ、すごいい」

呼吸も乱れきっている香菜子は、汗ばんだ顔を大貴に向けてそう言うと、もう背中を弓なりにしてのけぞった。

白いシーツにシワがいくほど、熟れた女体がよじれ、巨乳が大きく弾んだ。

「はいいい、おおおおお」

力の限りに腰を振り、溶け落ちた熟女の媚肉に怒張をピストンした。

「あああん、私も、ああ、イク、イッちゃううううっ」

そして香菜子は限界を叫び、美しい瞳を虚《うつ》ろにして熟れた身体をのけぞらせた。

巨乳がブルンと波打ち、尖りきった乳頭が激しく踊った。

「あああ、イク、イクううう、はう、うううううっ！」

香菜子の絶頂は激しく、唇を嚙みしめたまま、大きく開かれている白い二本の脚をビクビクと痙攣《けいれん》までさせている。

全身を快感が駆け巡っているのだろうか、脚の指がギュッとすぼまっては開いてを繰り返していた。

「うう、香菜子さん、俺もイク、出る」

媚肉のほうも彼女の絶頂とともに締めつけを強くし、大貴は濡れた粘膜に絞りあげられるような感覚の中で、怒張を爆発させた。

肉棒が激しく脈動し、大量の精が勢いよく飛び出していった。

「あああ、熱いわ、大貴くんの、あ、あああん、すごい、ああ、ああ」

大貴自身も信じられない量の精液が、香菜子の膣奥にぶつかっている。

そのたびに香菜子は身体をビクッと引き攣らせてよがり泣くのだ。彼女は射精にも快感を得ているのだろうか。

「うう、まだ出ます、うう、止まらない、くうう」

自分の精子がこの美熟女をさらに悦《よろこ》ばせている。そう思いながら大貴は何度も射精を繰り返す。

「あああん、あああ、すごい、あああ、ああ、また、ああ、ああ」

香菜子も完全に乱れきり、ふたりはもうすべてを忘れたようにただ悦楽に酔いしれていた。

第二章　人妻の媚肉を貪って

人妻の熟れた肉体に溺れた一夜が明けると、大貴は自分が犯した罪に押しつぶされそうになった。

欲望に任せて他人の奥さんと肉体関係を結んでしまった。もし会社にバレたらクビか、ここよりもさらに僻地《へきち》の営業所かなにかに飛ばされるだろう。

実際に社内不倫をしてそうなった、先輩社員の話を聞いたことがあった。

(香菜子さんは、いつもどおりだけど……)

朝になって大貴が目を覚ますと、布団に香菜子の姿はなく、彼女はまたカセットコンロを使って朝食を用意していた。

こんな状況なのでたいした物は出来ないと言っていたが、それでも充分に美味しくて大貴は朝から堪能《たんのう》した。

かいがいしく世話をしてくれた香菜子は、いつもの清楚な大家さんに戻っていた。

（でもあの少し照れた様子が……）

ふと大貴と目が合ったりすると、香菜子はポッと頬を染めて顔を伏せた。

その恥じらう様子がなんとも色っぽく、大貴はまた肉棒を固くしそうになるのだ。

（いかん、さすがに、いかん）

不倫関係を結んだことをさっき反省したばかりだというのに、もう勃起しようとしている。

しかもいまは会社のデスクだ。これから営業の外回りに出なければならない。

雪の道路を車で走るのは、それでなくとも毎日緊張しているというのに、このままでは事故を起こしてしまいそうだ。

「ん、どうしたの？　頭なんか振って。二日酔い？」

ふぬけた気持ちでいるといけない。自分を引き締めようとしていると、近くのデスクから声がかかった。

東京の本社と違い、支社の営業部は五人しかいない。その中で大貴はいちばんの若手の立場だ。声をかけてきたのは、直属の上司である、主任の今原真由《いまはらまゆ》だ。

「い、いえ、なんでもありません、今日も気合いを入れて仕事をしようと思って」

まさか人妻との一夜を思い出していたなどと言えるはずもなく、大貴はぶんぶんと腕を振って空元気《から》を出した。

「うん、いい心がけだね」

真由は三十二歳になる営業主任で、この支社に大貴が着任した日からずっと指導をしてくれている。

こちらの冬は厳しいからとネックウォーマーや毛糸の帽子をプレゼントしてくれたのも彼女だ。

「ぼんやりしてたらほんとうに事故とかしちゃうからね。凍結に気をつけて今日もがんばろうね」

真由はちょっと体育会系なタイプで、大人しい香菜子とは逆の性格だが、共通点は色白でグラマラスボディな美熟女というところだ。

大きな瞳に厚めの唇、そして鼻も高くて彫りも深い真由は、ビジネススーツがよく似合っている。

そのスーツのボディは、胸元が大きく盛りあがり、スカートもはち切れそうだ。なのにウエストは引き締まっている。本人はトレーニングを怠《おこた》らないからだと、少し自慢げに話していた。

（この人も人妻なんだよな……）

彼女の薬指には銀の結婚指輪がある。夫は商社マンで海外出張中だと聞いていた。

「東京から来てギャップにびっくりするだろうけど、徐々に馴れていけばいいから」

上司としても、営業ウーマンとしても有能な上、東京から来たばかりの大貴を、姉のように気遣ってくれる優しさも持っている。

そんな彼女も東京の本社からここに、ひとりで転勤してきている。

大貴は会社の慣例で修行だが、真由が本社を離れたのは少し違う理由だ。

『あの子はちょっと東京であったからね。まあ別に彼女が悪いわけではないのだけれどさ』

大貴がここの支社に移ってきたときに、支社長がこっそりと教えてくれた。

東京でも好成績をあげていたらしいが、大貴が入る一年ほど前、女子社員に対するセクハラを繰り返す部長を殴《なぐ》ったらしい。

ただ一発殴っただけでなく、かなりボコボコにしてしまったらしく、その部長は懲戒解雇、真由もおとがめなしというわけにはいかず、この支社に転勤となったというのだ。

「じゃあNスーパーさんを回ってきます」

「はい、よろしく」

大貴からすれば真由が悪いとは思わないので、彼女を尊敬する気持ちは同じだ。

支社の成績もあがったらしいし、真由はいつも元気なので、この冬の厳しい町で仕事に励む大貴の気持ちを明るくしてくれているのだ。

「気をつけてね」

オフィスを出て行く大貴を真由はイスから立ちあがって見送ってくれる。

そのさいに、ジャケットを着ていてもはっきりと盛りあがりのわかる巨乳が、ブルンと大きく弾んだ。

（いかん、主任も人妻だぞ……）

揺れる人妻の巨乳から目を逸《そ》らし、大貴は慌てて駐車場に駆けていった。


そんな中でも仕事はとくにつつがなく終わり、大貴は自宅である借家に戻ってきた。

すでに日は完全に落ちていて、二軒並んだ平屋木造の建物の隣の家には灯りがともっていた。

（香菜子さん……）

田舎は街灯や街明かりも少ないので、日が暮れると外は真っ暗だ。その闇が、昨夜の香菜子の美しく白い女体を思い出させる。

（もう少し明るい場所で見たかったな……だめだ、どうしても想像してしまう）

今日も、事故こそ起こさなかったものの、営業車の運転中に信号待ちなどで一息つくと、香菜子の豊満な乳房を思い出したりしてしまっていた。

だめだと思うほど、あのしっとりとした感触が頭に蘇《よみがえ》るのだ。

「やばい、また勃ってきた」

すると若い大貴の肉棒はすぐに膨らんでいく。大貴はとりあえず風呂に入り、オナニーして射精すれば少しは落ち着けるのでは、と考えながらドアに鍵を入れた。

「大貴くん？　ごめんなさい、工事がまだなの」

そのとき突然、香菜子の家のドアが開いて、彼女が飛び出してきた。

「ええっ」

香菜子は自分の家の修理は終わったが、大貴の家のほうの交換部品が届かず、修理が明日になると言われたそうだ。

「だからね、今日、もう一度うちに泊まっていって」

香菜子は何度も頭を下げながら、大貴にそう言った。美しい美熟女の泣きそうな顔を見ていると、断ることは出来なかった。

暖房が入れられた香菜子の家の中は、心なしか昨日よりも明るいように思えた。

そして別に暮らしているという夫の影は今日もない。

「どうにも意志が弱いんだよな、俺は……」

香菜子は風呂も用意してくれていて、大貴は自分の家とまったく同じ構造の浴室の天井を見あげていた。

断ることが出来なかった自分の弱さが情けなくもあるが、やはり香菜子と向かい合うと心が昂ぶり、離れがたくなってしまうのも事実だった。

(でもさすがに昨日の今日はない……香菜子さんもそんな雰囲気じゃなかったし)

大貴を招き入れた香菜子はテキパキと風呂の用意をしてくれ、これから夕食の準備にかかると言っていた。

脱衣所で服を脱いでいるときから、すでに美味しそうな香りが漂ってきていた。

かいがいしく動き回る香菜子からは、昨日の淫らな雰囲気はなかった。

「うん、香菜子さんもさすがに昨日のことはまずいと思っているんだよな、俺もちゃんとしないと」

不倫関係を結んでしまったことを、香菜子自身もいいことだとは思っていないはずだろう。今日は大貴の家の修理が間に合わなかったから仕方なしだ。

そう考えた大貴は、自分も淫らなことを想像したりするのはやめようと思いながら、浴槽を出て身体を洗い始めた。

「大貴くん、シャンプーとか、わかるかしら」

そのとき浴室のドアの向こうから香菜子の声がした。

「は、はい、わかります。ありがとうございます」

曇りガラス越しに香菜子の姿が見える。彼女は今日、ロングのスカートに厚手のセーター姿だが、それでもあの巨乳の膨らみはくっきりとしていた。

ぼんやりと浮かぶ、曇りガラスの向こうの彼女も、はっきりと胸の突き出しがうかがえた。

(さっき考えないって決めたのに、なにを見てるんだ俺は)

香菜子の声と、その影が見えただけで、もうなんだかムラムラとしている。

そんな自分がやばいと思い、大貴は頭からシャワーを浴びた。

「大貴くん」

イスに座ったまま、頭を下に向けてシャワーを浴びていると、突然、浴室のドアが開く音がした。

「え、ええっ、香菜子さん、ええっ」

慌てて顔をあげると、そこには香菜子が立っていた。すでに一糸まとわぬ姿になり、小さめのタオルで前を隠している。

だがそんな布で豊満な巨乳や腰回りが隠しきれるはずもなく、昨日はよく見えなかった色素が薄い乳首や、ムチムチの太腿はすべて露出していた。

「ガスが使えなかったおわびに、背中でも流そうと思って」

少し頰をピンクに染めた香菜子はゆっくりと中に入って来て、呆然と口を開いて座っている大貴のうしろに回った。

「洗うわね」

「え、え、え」

ただ戸惑う大貴の背中を香菜子はタオルで洗い始めた。

「え、そんないいです、香菜子さん」

ようやく我を取り戻して大貴は振り返る。そこには香菜子の白くグラマラスな肉体があった。

タオルを大貴の背中を洗うために使っているので、彼女の身体はいっさい隠されていない。

「ああ、明るいところで恥ずかしいから、見ないで……」

自分で大胆な行動をとったというのに、香菜子はそう言って顔を横に伏せた。ただ身体を隠すような動きはなく、浴室の床にしゃがんだ彼女の巨大な乳房や、熟れた下半身はすべて丸出しだ。

そして昨日は暗くてよく見ることが出来なかった股間には、みっしりと黒い草むらが茂っていた。

「は、はい」

慌てて前を向いた大貴だったが、ムチムチとした太腿から腰回り、そして華奢《きやしや》な感じのする上半身には不似合いに膨らんだ、巨大な乳房が目に焼きついている。

湯気の中でフルフルと揺れる白い肉房の淫靡《いんび》さに、大貴は頭がクラクラしてきた。

「大きい背中ね」

香菜子はそんなことを呟きながら、大貴の背中を洗っていく。それが終わると、浴室用のイスの上にある大貴のお尻や太腿まで洗いだした。

「う、香菜子さん、脚なんか自分で洗いますから」

背後から伸びてきた白い手が大貴の両太腿を洗っていく。身体の横側に目をやると、香菜子はしゃがんだまま身を乗り出していて、白い乳房が目の前にあった。

少し濡れている感じの白い巨乳、そして乳輪がぷっくりと膨らんだ乳首と、もうたまらない。

「あ……」

そんな状態で若い肉棒が反応しないはずもなく、大貴の逸物は一瞬で天を突いて勃ちあがっていた。

横から身を乗り出していた香菜子もそれに気がつき、切れ長の瞳を見開いている。

「いつも……すごく逞《たくま》しいのね」

浴室用の低いイスに座る大貴の両脚の間で、猛々《たけだけ》しく反《そ》り返っている巨根を、香菜子は少しうっとりとした目で見つめてくる。

身体全体の肌がほんのりと赤くなり、少し開いた唇から息が漏れている。清楚な姿から一気に変貌していく様子が、大貴の欲情をさらにかきたてた。

「私でこんなに大きくしてくれているのね」

小さく囁いた香菜子は、大貴の背中に自分の上半身を預けるようにして、両手を背後から伸ばしてきた。

「ここも私に洗わせてね」

そして泡のついた手で直接、肉棒を上下に擦り始めた。

「うう、香菜子さん、そんな風に、ああ、それにおっぱいが」

白い指が絡みつくように大貴の肉棒を擦りあげる。さらには、たわわなふたつの巨乳が背中に押しつけられ、ぐにゃりと形を変えている感触があった。

「おっぱい好きなの？　もう若い頃のように張りはないけれど」

香菜子は大貴の肉棒を両手でしごきながら、自分の身体を上下に動かし始めた。艶やかな肌の柔乳が押しつけられたまま、大貴の背中を擦っていく。

「ああ、香菜子さんのおっぱい、大きくて、ああ、柔らかくて、最高に好きです」

肉棒の快感と、背中に感じる巨乳の甘い感触に大貴はまた自分を見失っていた。

イスにお尻を押しつけるようにして腰をくねらせ、こもった声をあげ続けた。

「そうね、大きさだけはあるわね、Ｈカップだから」

大きいとは思っていたが、そこまでのサイズだったのか。その柔乳が背中を這い回るのはたまらない。

大貴は腰を震わせながら、彼女の両手のしごきに溺れていた。

「おっぱいが好きなら、こういうのはどう？」

そんな年下男に少し笑みを浮かべた香菜子は、肉棒から手を離し大貴の正面に回り込んできた。

そしてＨカップだと言った巨大な乳房を自ら持ちあげると、そそり立つ肉棒を挟み込み、上下に動かしていく。

「うう、これ、うう、たまりません」

ふんわりとした柔肉が、肉棒をゆっくりとしごいていく。艶やかな肌が亀頭のエラや裏筋を擦り、頭の先まで快感が突き抜けていった。

「すごくいいです、うう、香菜子さん」

もう人妻だからとか考える気持ちも失せている。明日になればまた反省するのだろうが、いまはこの快感に身を任せていたかった。

「ああ、そんなに見つめないで、恥ずかしいから」

浴室用のイスに座る大貴の前で、膝をついてパイズリしている香菜子が、またポッと頬を染めた。

大胆な行為をしながらも、恥じらいを忘れない美熟女に、大貴はさらに興奮した。

「ああ、すごくビクビクしてるわ、ここ。ああ」

寄せられた巨乳の谷間で、あまりの快感に脈打っている大貴の逸物を、香菜子は潤んだ瞳で見つめてくる。

ゆっくりと乳房を上下させながら、じっと赤黒い亀頭を見ていた。

「香菜子さん……舐めてくれると嬉しいです」

フェラチオをしたいと、彼女が望んでいるのかどうかはわからないが、なんとなくそんな気がして、こんどは自分から大貴は申し出た。

「うん……」

すると香菜子はその厚めの色っぽい唇を開き、目の前の亀頭を舐め始めた。

「うう、香菜子さん、すごくいいです、うう」

濡れたピンクの舌が男の敏感な場所を這い回っていく。香菜子の舌使いは優しく、そして甘さに溢れていて、大貴はもういまにも限界を迎えそうだった。

「喜んでくれたら、私も嬉しいわ、んんん」

そして香菜子はさらに唇を開け、怒張を飲み込んでいった。サイズがかなり大きめの亀頭にも躊躇《ちゅうちょ》することなく、頭を動かしてしゃぶりだす。

「んんん、んく、んんんんん」

さすが熟女と言おうか、その動きは大胆で、しかも頬をすぼめて裏の粘膜まで擦りつけてくるのだ。

吸いつくようなそのしゃぶりあげに、肉棒が一瞬で痺れていった。

「くうう、香菜子さん、ああ、ううっ」

凄まじい快感に腰が勝手に動いてしまう。大貴はこもった声を漏らしながら、彼女の口内に肉棒が溶けていくような錯覚さえ覚えていた。

「んん、んん、んく、んんん」

そんな大貴の顔をチラチラと見ながら、香菜子はどんどん頭の動きを早くしていく。

口腔の粘膜がエラを擦り、濡れた舌が裏筋に絡みつき、絶え間なくしごきあげる。

「はう、ううう、香菜子さん、くうう、うう」

これが熟した女のフェラチオなのか。足先まで痺れていくような快感に大貴はただ喘ぐばかりだ。

少し目を開けると、香菜子の細身の上体の前で、ブルブルとHカップの乳房が弾んでいる。

「くう、僕、もう、だめです、うう、うくう」

熱のこもった奉仕と目の前にある女の色香に溢れる肉体に、大貴は一気に限界へ向かっていた。

ただこのまま出してはと思い、懸命に声を振り絞って訴えた。

「んんん、んくう、んんん、んふう」

香菜子のほうはまったくフェラチオを止める素振りはない。それどころかさらに勢いをつけて頭を振りたててきた。

「だめですって、ううう、くううう、もう出る、うう、くううう」

舌のざらついた部分を裏筋に擦りつけ、頬も強くすぼめてしゃぶりあげる。

香菜子はすべてを自分の口内で受け止めるつもりなのだろうか。大貴にも彼女から離れる気力はなかった。

「くうう、はううう、イク、イキます、うう、くううう」

すべてを香菜子にゆだね、大貴は浴室用のイスに座った身体を震わせた。

肉棒が大きく脈動し、熱い精液が飛び出していった。

「んんん、んく、んんんんん」

ここでも香菜子は逃げる素振りも見せず、しっかりと肉棒を飲み込んだまま発射される粘液を受け止めている。

出た瞬間だけ目を見開いたが、すぐに閉じて、舌を亀頭にゆっくり絡みつけてきた。

「ううう、香菜子さん、うう、それ、ううう、くうううう」

射精している亀頭を優しく舐められ、大貴は背中までくねらせながら、絶頂に震えていた。

射精中に絶妙な刺激を与えられるなど初めての経験で、未知の快感が身体を駆け巡り、出した覚えがないような声が出ていた。

「んんん、んく、んんんん」

そんな状態なので射精もなかなか止まらない。濃いめの精液が何度も彼女の口内にぶちまけられていく。

喉《のど》を鳴らしながら、美熟女はすべての精を飲み干している。どこかうっとりとした顔をしている香菜子は、妖しくそして色っぽかった。

「ああ、香菜子さん、うう、もう最後、くう、うっ」

最後にブルッと下半身を震わせ、大貴は射精を終えた。粘っこい精液の放出がようやく止まり、香菜子も目を開いた。

「すごくたくさん……」

肉棒に吸いついていた唇がようやく離れていく。濡れた厚めの唇と亀頭の間で白い液体が糸を引いていた。

「すいません、僕、香菜子さんの口の中で……」

「いいの。精子を飲んで……大貴くんをすごく感じたわ、私……」

そう言って香菜子はなんとも淫靡な笑みを浮かべた。

浴室ではそれ以上のプレイに進むことはなく、お互いに汗を流した。

一緒に風呂に入る形となったのだが、大貴を射精させた香菜子はやけに照れていて、ずっと目線を合わせてくれなかった。

そのあとは食事となったのだが、香菜子が作ってくれた美味しい料理の味もあまり感じなかった。

(香菜子さん……なんてエロいんだ……)

食卓をふたりで囲んでいても、香菜子の全身から発せられるムンムンとした色香に大貴はやられっぱなしだ。

少しのぼせてしまった、と彼女は長袖のTシャツにハーフパンツ姿になっているが、あまり色っぽくないはずの服装をしていても、たまらなく淫靡だ。

(また勃ってきた……)

Tシャツの薄布にはっきりと浮かんだHカップの巨乳の形。襟元からのぞくピンクに染まった艶やかな肌。

そしてなにより、飲精のあとずっと、どこかとろんとした感じの切れ長の瞳が、大貴の目を釘付けにする。

(精液を飲んだら女の人は発情するのかな……)

実は大貴は飲精をしてもらったのは初めてだった。精液を飲んだからといって女性が性感を燃やすとは考えられないが、そう思ってしまうくらい香菜子の身体中から牝の香りが漂っていた。

「ごちそうさまでした。香菜子さんっ」

もう大貴は興奮と欲情で頭が変になりそうだ。箸を置くのと同時に、大貴は香菜子に襲いかかった。

「えっ、ええっ、大貴くん、あ、だめ」

目を見開いて驚いている香菜子にのしかかり、彼女の長袖のTシャツを脱がし、ブラジャーも引き剝がした。

飛び出してきた柔らかく巨大な乳房を揉みしだき、色素の薄い乳頭にしゃぶりついて、舌で転がしていく。

「はあん、まだ後片付けも、あ、だめ、あああん」

畳に敷かれた絨毯《じゅうたん》の上に、上半身裸の白い身体を転がした美熟女は、乳頭の快感に淫らな声を響かせる。

室温は復活したガス暖房のおかげでかなり暖かく、風呂あがりの巨乳もまだピンクに染まっていた。

「もう止まれないんです」

仰向けに寝ていても、小山のように盛りあがった巨大な肉房を揉みしだき、彼女の喘ぐ顔を見ながら大貴は下半身裸になった。

「僕の……こんな状態です」

大貴の肉棒は完全に勃ちあがっていて、亀頭が天井のほうを向いている。

それを見た、こちらは上半身をすべて晒している香菜子は、切れ長の瞳を大きく見開いた。

「ああ、さっき出したのにもうこんなに……すごいわ」

赤黒く光る亀頭を見つめる香菜子の瞳が一気に蕩けてきた。彼女は身体を起こすと、亀頭部にそっとキスをした。

「くぅっ、香菜子さん、こんどは僕にさせてください」

さっきフェラチオしてくれただけでなく、精液まで飲んでくれたお返しをするべく、大貴は彼女のハーフパンツを脱がせていく。

そして白のパンティも引き下ろし、香菜子の身体を裏返しにさせた。

「えっ、なにをするの大貴くん、ああ、こんなのだめえ」

素っ裸となった美熟女の腰を引き寄せ、少々、強引に四つん這いにさせた。

乳房以外は華奢な上半身に比べ、むっちりと肉が乗っている白い下半身が大貴のほうに向かって突き出され、香菜子は恥じらいの声をあげた。

「明るい場所で全部見たかったんです」

大貴のほうを向いた桃尻の真ん中に、薄ピンク色の女の裂け目が姿を見せている。

その下には熟女らしい太い毛の草むらがあり、上側にはセピア色のアナルまでのぞいていた。

「だめ、いや、そんな近くで見ないでぇ」

息がかかるような距離に大貴の顔があるのに驚いて、香菜子は羞恥《しゅうち》に身悶えている。

恥ずかしがる彼女に大貴は興奮を深めていく。すぐにでも挿入したいのを堪えながら、大貴は目の前の尻たぶを割り開き、まずは舌責めを開始した。

「あ、ああ、こんなの、あああ、だめぇ、あああん、ああ」

大きく割り開かれた桃尻の真ん中で、肉唇が口を開き、すでに愛液に濡れている媚肉までがのぞいている。

まずはそこに丁寧に舌を這わせると、香菜子は四つん這いのまま叫んだ。

「すごくエッチな香りがしますよ、香菜子さんのここ」

「いや、ああん、嗅いじゃいや、あああん」

女肉の匂いまで嗅がれていると知り、香菜子の悲鳴がいっそう激しくなる。

そんな彼女にかまわずに、大貴はさらに舌を動かし小ぶりな肉芽を転がした。

「は、はあん、ああ、だめ、そこは、あ、ああっ、ひいん」

女のいちばん敏感な突起を愛撫されると、香菜子はよがり泣きを強くして、肉感的な白い下半身をよじらせる。

恥じらってはいるものの、熟した女の身体は見事なくらいに反応していた。

(すごい、ヒクヒクしてる)

ムチムチとしたヒップの真ん中で、たっぷりと愛液にまみれながら口を開いている膣口。その奥は肉厚の媚肉がなんとも淫靡にうごめいている。

その軟体動物のような動きに引き寄せられるように、大貴は指を二本挿入した。

「あっ、やあん、あ、はああん」

指が膣口に入ると同時に香菜子は、また声を激しくしてのけぞった。

濡れた媚肉は男の指を歓迎するように脈動し、強い締めつけを見せていた。

「香菜子さんの中、僕の指に食いついてます」

見事なまでの反応を見せる美熟女の奥に向かって、大貴は指を押し入れ、さらにピストンまで始めながら言った。

「ああん、だって、ああん、だってえ、あああん」

切なげに喘ぎながら、香菜子は四つん這いの身体をくねらせ、丸いヒップを横に揺らしている。

恥ずかしいがどうしても快感を抑《おさ》えられないといった彼女の雰囲気が、男の欲情を煽《あお》りたて、大貴も息を荒くしていた。

「ああ、あああん、大貴くん、あああん、ああ」

絨毯に爪を立てながら、香菜子はひたすらに喘ぐばかりになっている。

膣奥からさらに愛液が溢れ出し、大貴の指が動くたびに粘っこい音を立てながら、外にかき出されていた。

「エッチな液が溢れてますよ」

愛液は糸を引きながら、いまは膣口の下側にあるクリトリスにまで流れている。

大貴は指ピストンを続けながら、彼女の両脚の間に頭を入れ、舌先で濡れた突起を舐め回した。

「あ、ああ、なにを、はあああん、こんなのだめ、あああん、ああ」

器用に頭を入れてクリトリスを舐めながら、膣内を指で激しく搔き回す。

ふたつの快感のポイントを同時責めされて、香菜子は朱に染まった肌を波打たせてよがり泣いている。

「あああ、ああ、ほんとにおかしくなっちゃうわ、ああ、大貴くん、ああ」

四つん這いの身体の下で巨乳を揺らしながら、香菜子は切羽詰まった声をあげた。

クリトリスを舐めながらその表情をちらりと見ると、瞳を閉じたまま唇を大きく割り開き、激しく頭を横に振っていた。

「最後はこいつでいきますね。たくさん狂うところを見せてください」

もう絶頂寸前といったところか。このままイカせてもいいと思ったが、やはり最後は自分のモノでとどめをさしたかった。

「ああ、大貴くん……ああ……」

少しサディスティックな言葉をかけてしまったが、香菜子は恐れるでもなく、恥ずかしがるわけでもなく、ただ切ない息を吐いている。

そのうっとりと濡れた瞳が、これから乱れ狂う自分に期待しているように見えた。

「さあ、入れますよ」

香菜子の桃尻を、しっかりと摑んで固定した大貴は、いきり勃ったままの怒張を濡れた膣口に押しつけた。

「あああん、はあん、固いわ、あああ、あああ」

亀頭が膣口を大きく開きながら侵入を開始すると、香菜子は四つん這いの身体をのけぞらせて喘いだ。

すでにドロドロになっている媚肉は、あっさりと大貴の巨根も受け入れていく。

「うう、香菜子さんの中、熱いです」

膣内のほうも男根を待ちわびていたのだろう、ねっとりと女肉を絡みつけてくる。

熟した女の媚肉はなんとも貪欲で、自ら動いて肉棒を飲み込もうとしていた。

「ああ、香菜子さん、くうう、奥にいきますよ、うう」

危うく射精しそうになりながら、大貴も欲望のままに怒張を突き出した。

かつて交際していた若い恋人としたときは、痛がらせないようにゆっくりと入れていたが、香菜子にそれは必要ないように思えた。

「はあああん、奥、あああ、すごいい、あああん」

大貴の思った通りに、香菜子の肉体は淫らに反応している。

昨日と同じように、昼間とは別人の淫女となって、犬のポーズの身体をよじらせながら歓喜の声をあげている。

「ああ、香菜子さん」

大貴は淫らな人妻の肉体に溺れていく。熟れた桃尻を摑み、リズムをつけて腰を振りたてていた。

「ああぁん、大貴くん、ああん、深いわ、ああ、ああ」

香菜子のほうもさらに燃えあがり、絨毯を摑みながら、ただひたすらによがり泣いている。

たまにこちらに向けられる彼女の顔は、なんともいやらしく蕩けきっていた。

「香菜子さん、おお、もっと感じてください」

こうなればお互いに獣となるまでだ。大貴は力を込めて怒張をピストンした。

「ああ、あああ、いい、あああ、すごく感じてるわ、あああん、ああ」

さらに燃えあがってきた香菜子はそんな言葉も口にしながら、身体の下でHカップのバストを踊らせ、和室の居間に激しい喘ぎ声を響かせる。

(旦那さんとしていたときもこんなに……)

大きな声でよがり狂っていたのだろうか。そんなことを考えると大貴は嫉妬心がわきあがった。

「香菜子さん、僕のチ×チンはどうですか?」

勢いをつけて怒張を濡れた最奥に突き立てながら、大貴は声をあげた。

「ああぁん、ああ、そんな、あああ、だめ、あああん」

四つん這いのまま、切なそうな顔をうしろに向けて香菜子は言った。

ただ切れ長の瞳はとろんと蕩けていて、厚めの唇も大きく開いている。

「言ってください、僕のチ×ポはどうですか」

こんなことを問い詰めるのはいけないとわかっているのに、大貴は止まれなかった。

熟した媚肉と、別人のように淫蕩になっていく淑女に、大貴もおかしくなっているのかもしれなかった。

「あああん、いい、あああ、深いの、あああ、大貴くんのおチ×チンが、あああん、昨日よりも深いところまできてるのよう、あああん」

そう叫びながら香菜子はさらに背中をのけぞらせた。昨夜の正常位よりもバックのほうが肉棒が深くまで入っているのだ。

「深くですね。もっと深いところを突きます」

それならばと大貴は、四つん這いの香菜子の両手首をうしろから摑んで引き寄せた。

「あっ、あああ、これ、あああ、だめえ」

両腕をうしろに向け、羽のように伸ばした香菜子の上半身が起き上がる。

膝だけを絨毯についた香菜子のヒップが、大貴に向かって突き出される形となり、お互いの股間の密着度があがった。

「どうです、もっと深くに入りましたか？」

「ひぃぃん、深いわ、あああぁ、奥の奥まで来てる、あぁあぁ」

そのままピストンされた美熟女は、浮かんだ上半身の前でHカップの巨乳をこれでもかと踊らせて絶叫している。

肉棒は子宮口を押し込むように突き立てられ、媚肉を強く突き続けていた。

「どこが気持ちいいんですか、教えてください」

乱れ狂う美熟女をどこまでも崩壊させたい、大貴はそんな風に思いながら、さらに怒張を振りたてた。

「ああ、ああん、そんな、ああん、あああ」

ただもともとつつしみ深い香菜子がすぐにそんな言葉を口に出来るはずがなく、切なそうに頭を横に振っている。

「教えてください、香菜子さんの口から聞きたいんです」

そう言って大貴は香菜子の細い腕をさらに引き寄せ、腰を動きを速くした。

濡れきった媚肉の中を、巨大な逸物が激しいスピードで出入りし、肉と肉がぶつかる音が居間に響いた。

「ああぁん、ああっ、香菜子のオマ×コ、ああ、はあん、オマ×コがいいのぅ」

こちらも悩乱しきっている香菜子は、まさに崩壊したようにその美しい顔を崩して叫んでいた。

快感にすべてを投げ捨てた美熟女の媚肉が、さらに強く怒張を締めあげてきた。

「おおお、香菜子さんのオマ×コ最高です、僕ももうイキます」

亀頭に濡れた粘膜が吸いつき、そこをピストンするたびに、頭の先まで快感に痺れていく。

大貴は声をうわずらせながら、最後に力を込めた。

「あああん、私ももうイクわ、ああ、来て、あああん、今日までは大丈夫だから、あああ、大貴くんの精子ちょうだい、あああん」

上半身の前で巨乳を千切れんばかりに踊らせる香菜子も、大きく唇を割り開きながらうしろの大貴を見た。

そして再び前を向き、快感に溺れて、堕《お》ちていく。

「あああん、イク、香菜子イッちゃううう、あああんっ！」

そしてセクシーな厚い唇を割り開くと、浮かんだ上半身をのけぞらせて絶頂にのぼりつめた。

絨毯についている両膝が内股気味によじれ、肉感的な太腿がブルブルと震えた。

「うう、僕も出ますっ」

彼女の言葉に従い、大貴はそのまま怒張を最奥に押し込んで熱い精を放った。

さっき風呂場で射精したというのに、かなり強い勢いで粘液が飛び出していく。

「あっ、あああ、大貴くん、あああ、すごい、ああ、あああん」

発射される精液が膣奥にぶつかるたびに、香菜子は持ちあげられた上半身をビクンと引き攣らせながら快感に酔いしれている。

大貴の股間に押しつけられたヒップも波打ち、媚肉が強く肉棒を締めつけてきた。

「うう、すごい、うう、まだ出ます」

熟した女肉に搾《しぼ》り取られ、大貴は何度も射精を繰り返す。そして香菜子もまた歓喜の声を響かせるのだ。

「ああん、いい、あああ、ああ、私、ああ、おかしくなってる、ああ」

香菜子はいまどんな顔をしているのだろうか。この体位ではそれが見えないのが残念だ。

ただ彼女が最高のエクスタシーに溺れているのは伝わってくる。

「香菜子さん、くうう、また出る」

そんな彼女の最奥に、射精を続ける怒張をもう一度突き立て、最後の精を放った。

「ひいい、あああ、奥、いい、あああん、ああ、またイッちゃう」

両腕をうしろに伸ばした上半身を、大きく弓なりにした美熟女も、白い肌を波打たせてよがり続けていた。

お互いに激しくのぼりつめたふたりは、しばらくの間動けなかった。

ただそれも短い時間の間だけで、大貴は切れ長の瞳をうっとりとさせて横たわる香菜子を見ていると、またムラムラと欲望がもたげてきた。

敷き布団だけを勝手に持ってきて、居間の絨毯の上に敷いた大貴は、彼女を抱えて布団に横たわらせた。

「香菜子さんがエッチだから、また興奮してきてしまいました」

自分が欲情しているのを、彼女のせいにするはおかしいのかもしれないが、そう言ってしまうくらいに事後の熟女の身体は、牝のフェロモンに溢れている。

敷き布団の上で横寝の身体の前で、ピンクに上気した巨乳が重なり、少し汗ばんだ腰回りや太腿がムチムチと柔らかそうな質感を見せていた。

なにより少し虚ろな切れ長の瞳と、半開きの唇。見つめているだけで、大貴は下半身がムズムズと疼《うず》きだすのだ。

「ああ、大貴くん、じゃあ私が」

大貴も布団に乗り、横たわっている香菜子の前で仁王立ちした。美熟女はそれだけですべてを察したのか、ゆっくりと身体を起こし、濡れた唇を開いた。

「ああ、んんん、ん……」

そして厚い唇で、まだだらりとしている亀頭を包み込むと、ゆっくりと舌を絡めてしゃぶり始めた。

「ああ、香菜子さん」

敏感な亀頭に彼女の温もりを再び感じ、大貴は立ったまま腰を震わせた。

香菜子はそのままねっとりと舌を動かしながら、亀頭のエラや裏筋を舐め続ける。

「ああ、香菜子さん、気持ちいいです」

肉棒の快感に加え、上から香菜子が自分のモノを懸命に舐めている姿を見ていると、さらに興奮する。

美しい顔を大きく動かし、厚めの唇を吸いつかせている。切れ長の瞳も濡れているのがまた色っぽかった。

「んんん、んふ……ああ……そんなに見ちゃいや」

大貴が血走らせた目を向けているのに気がついたのか、香菜子は一度、肉棒を口から出して言った。

ただその声色が甘えた感じだ。これもまた普段の彼女は見せない顔で、大貴はさらに興奮するのだ。

「香菜子さんって、さっき射精されてるとき、すごく感じていませんでしたか？」

心の昂ぶりのままに大貴は気になっていたことを聞いた。射精のたびに彼女の身体が強く反応していたのを自分の肉棒で感じていた。

「え、やだ、そんな……」

香菜子は顔を真っ赤にして下を向いた。ただその手はずっと、再び力を取り戻した大貴の逸物をゆっくりとしごいていた。

「教えてくださいよ」

そんな彼女に苦笑しながら、大貴は香菜子の身体が少し動いただけでフルフルと揺れている、たわわな巨乳に手を伸ばし大きく揉みしだく。

「あ、やあん、だめ、ああ、いたずらしちゃ……いや」

乳房を揉んだだけでなく、ずっと尖りきっている乳首を指で掻くと、香菜子は敷き布団に膝をついた身体をくねらせて喘いだ。

「教えてください」

大貴はさらに調子に乗り、乳首を軽く引っ張った。両乳首と柔らかい巨乳が前に伸びていく。

「あ、ああん、だめ、あああ、ああ、言うから、ああん」

厚めの唇を大きく開き、香菜子は甲高い喘ぎ声をあげた。彼女が降参したので乳首からは手を離し、巨乳をゆっくりと揉みしだく。

「あん、ああ……射精っていうか……奥にいっぱい出されて、大貴くんに全部奪われているって感じがいいの」

「全部？」

「うん……大貴くんの大きいのでアソコの中が満たされて、そこから精子を出されて……奥に注《そそ》ぎ込まれて、私の全部が大貴くんのものにされてる感じが……もうやだ」

恥ずかしくて耐えきれなくなったのか、香菜子はついに肉棒から手を離し、両手で顔を塞《ふさ》いでしまった。

「僕のチ×ポでそんなに悦んでもらえて嬉しいですよ」

少女のように恥じらう美熟女の前にしゃがむと、大貴は顔を隠している彼女の白い首筋にキスをした。

「ああ、大貴くん、あ、やん」

少しくすぐったそうに香菜子は身体をよじらせ、顔にあてていた手を離してしまう。

その隙に厚めの唇を大貴は奪い、舌を絡ませていった。

「んんん、んく、んんんんん」

クチュクチュと粘っこい音を響かせ、舌を貪りあう。ふたりはお互いの目を見つめ合ったまま熱のこもったキスを交わし、唇を離した。

「ああ、大貴くんのキス、すごく熱いわ……口の中が大貴くんに支配されている感じがする……」

至近距離で見つめ合う香菜子は、赤らんだ顔をうっとりとさせて言った。

切れ長の瞳の目尻が下がり、まさに欲情しきっている。膣や口という女の穴を男に支配されると、香菜子は激しく燃えるというのか。

淑《しと》やかな人妻の中にある、マゾヒスティックな本性を知り、大貴は背中がゾクリと震えた。

「じゃあ香菜子さんのエッチな穴をこいつでいっぱいにしましょう」

香菜子のほうもまた、唇を半開きにし息を荒くしている。燃えあがっている彼女の腰を抱えた大貴は、そのまま布団に尻もちをついて座った。

「あ、こんな……ああ、あああん」

あぐらをかいて座った大貴は、自分の膝の上に香菜子の身体を乗せた。

向かい合う形で怒張の先端が香菜子の膣口を捉える。そこはドロドロに蕩けたままで、巨大な亀頭が濡れた媚肉を押し拡げていく。

「あああん、ああ、太いわ、ああ、ああ、私、あああん」

大貴の肩を持ち、香菜子は激しく喘ぎながら肉棒を飲み込んでいく。対面座位の体位でどんどん怒張が彼女の中に収まっていった。

「あ、あああん、はあああん、奥に、あああん」

亀頭が彼女の最奥に達すると、香菜子は大貴の肩を摑んだまま大きくのけぞった。その勢いで巨大な乳房が、いびつに形を変えながらバウンドした。

「まだまだ、ここからですよ」

大貴の巨根はまだ外に出ている。たっぷりと肉の乗った香菜子の桃尻を両手で鷲づかみにした大貴は、勢いをつけて自分のほうに引き寄せた。

「ひ、ひいいい」

怒張が膣奥の媚肉を押し込みながら、彼女の奥の奥にまだ食い込んでいく。

香菜子は両の太腿を大きく開いたまま、ヒクヒクと全身を震わせている。

「どうですか、香菜子さん」

対面座位は股間どうしの密着度が高いので、亀頭がかなりの奥にまで達している感覚がある。

大貴は彼女に問いかけながら、ゆっくりと腰を動かした。

「あ、あああん、深いわ、あああん、大貴くんのおチ×チンが、ああん、お腹までいっぱいにしてるわ、あああ」

男の膝の上で、白い身体をゆらゆらと揺らした美熟女は、切れ長の瞳をもう虚ろに泳がせている。

大貴の肩を摑んでいる手にも力が入っておらず、意識も怪しそうだ。

「そうです、僕のチ×ポが香菜子さんのオマ×コを全部支配してますよ」

さっきの香菜子の性癖の告白をもちだしながら、大貴は下から怒張をピストンさせ始めた。

ドロドロの媚肉の奥を、言葉のとおりに埋めつくした亀頭部が、張り出したエラを擦りつけるようにして搔き回していく。

「ああっ、はあああん、これ、ああ、あああん、あああ」

もう意識も怪しいのだろう、香菜子は唇を開いたまま激しい呼吸を繰り返し、力の抜けた身体をくねらせている。

ピストンのリズムに合わせてＨカップの白い乳房が波打ち、尖りきった乳首ととももに踊っていた。

血管が浮かんだ怒張が、ぱっくりと開いて愛液を垂《た》れ流す膣口に、高速で出入りを繰り返した。

「ああ、ひあああん、これ、あああん、激しい、あああん、ああ」

大貴の膝の上で、香菜子の肉感的なボディが巨乳とともに弾む。

白い歯まで見えるほど唇を割り開いた美熟女は、顔を上に向けて叫ぶ。

「あああん、香菜子のオマ×コが大貴くんのおチ×チンでいっぱいにされてる、ああん、すごく気持ちいい、あああん」

すべてを捨てたかのように絶叫した香菜子は、大貴の肩を摑んだまま背中を大きくのけぞらせた。

白く巨大な柔乳を踊らせ、切れ長の瞳を泳がせる彼女は、極上の快感に溺れていっているように見えた。

「だめえ、あああ、すごいい、ああん、オマ×コの奥が、ああ、たまらない」

「奥ですね、おおっ」

まさに牝となって乱れ狂う香菜子に大貴はさらに興奮し、怒張を激しく濡れた膣奥に向かって突きあげた。

膣内をすべて満たしきった巨根が、最奥をこれでもかと責めまくる。

「ひいいん、あああ、いい、気持ちいい、あああん、イク、香菜子イッちゃう」

そのすべてを快感に変えている熟した身体が、何度も弓なりになる。

切れ長の瞳を泳がせる香菜子は向かい合う大貴にしがみついてきた。

細く白い腕に力がこもるのと同時に、肉棒を飲み込んでいる媚肉もギュッと締まりが強くなった。

「うう、香菜子さん、僕も、うう、イキます、おおお」

濡れた熟肉の締めあげは、肉棒のすべてに粘膜を絡みつかせてくる。もう二度も射精しているというのに、大貴は一気に頂点に向かう。

最後の力を込め、怒張をこれでもかとピストンさせた。

「あああん、あああああ、イク、香菜子のオマ×コ、イッちゃう、あああ」

大貴の背中を抱きしめながら、香菜子は汗ばんだ白い身体を痙攣させる。

そして、その厚い唇で大貴の首筋に強く吸いついてきた。

「くうう、ああ、香菜子さん、おお、出る」

それを合図にするように、大貴も腰を震わせた。肉棒が脈動し彼女の膣奥に向かって精を放つ。

「んんん、ぷは、あぁん、来てる、ああ、香菜子の子宮をいっぱいにして、ああ」

唇を離した美熟女は、歓喜の声をあげながらエクスタシーに痙攣している。

巨乳がブルブルと波打ち、ねっとりと脂肪が乗った下腹部も大きく震えていた。

「あああ、あぁん、奥に、ああ、出してぇ、あああ」

「は、はいい、ううう」

射精に歓喜する香菜子の悦楽に溺れた顔を見つめながら、大貴は延々と精を放ち続けた。

第三章　巨乳上司と深く繋がる出張

今日はやけにいい天気で、ここの冬にしては暖かいほうらしい。それでも東京育ちの大貴にとってはけっこう寒いと、首に主任の真由からもらったネックウォーマーを巻いて、オフィスを出た。

（目立たないよな……）

社用車に乗り込んでネックウォーマーを外して、大貴はミラーで自分の襟元を確認した。

首の付け根のほうに、昨夜、香菜子に吸いつかれた跡がくっきりと残っている。

まさかキスマークをつけて営業先を回るわけにはいかない。ただ根元のこの位置なら、ワイシャツのボタンを留めてネクタイをしたら隠れてしまっていた。

「三回も射精してしまった……」

エンジンをかけて、今日は明るく見える冬の町を車で走っていく。

明るいのは天気がいいからなのか、それとも香菜子と身も心も溶かして、通じ合った一夜を過ごして満たされているからなのか。

「そういえば、香菜子さんは自宅で仕事をしてるって言ってたな……」

大貴は自宅の近くの道路を通りがかったとき、ふと、香菜子のことが気になってハンドルを切った。

彼女は専業主婦ではなく、東京の会社から請負で仕事をしていると言っていた。

パソコンでする作業が主なので、数ヶ月に一度、東京に行って打ち合わせを行うのだと話してくれた。

「今日も、家にいるのかな」

そんなことを思いながら、自分の家の前でもある、細い道路に車を向けた。

「えっ」

二軒並んだ平屋の木造住宅が見えたとき、大貴は思わず声をあげてしまった。

歩道もない狭い道なのでスピードを落として進んでいくと、二軒の家の前にある車を止められるスペースに、一台止まっていた。

その前で男性と香菜子が向かい合っていた。呆然となりながら徐行で進んでいくと、男が香菜子に封筒のようなものを渡していた。

香菜子はそれを受け取ると、男を両手で突き飛ばした。

（香菜子さん……）

香菜子の顔は泣いているように見えた。男はもしかして彼女の夫だろうか、大貴よりもかなり年上に見える。

男は香菜子に突き飛ばされても、その場にじっと立っていた。

（なにが……）

状況はまったく読めないが、車を止めて降りていくなど出来るはずもない。

大貴は徐行のまま、ふたりの前を通り過ぎていった。

（あの男の人が旦那さんだとしたら……）

香菜子と夫がなにか揉めていたのか。ただそれよりも、男性の姿が大貴にあらためてあることを自覚させる。

「そうだよ、香菜子さんは結婚しているんだ……」

いくら心を交わしても、香菜子は人の奥さんだ。その彼女と肉欲に溺れるのは罪だ。

これでいいはずがない。大貴は香菜子を愛《いと》おしく思う一方で、自分の行いに押しつぶされそうにもなり、呆然としたまま車を走らせた。

そんな状況で仕事に集中できるはずもなく、発注数のゼロを一個少なくして処理してしまいそうになり、気がついた取引先の人に注意されてしまった。

営業マンとしてはとんでもなく恥ずかしいことだ。

「やっぱり、このままじゃいけないよな」

会社からの帰り道、寒い風に吹かれながら大貴はずっとそんなことを考えていた。

自宅に近づくと、香菜子の家のほうには灯りがついている。ただ昼間に見た白い車はもうなかった。

「大貴くん、お帰りなさい」

自分のほうの家の鍵を開けようとしていると、その音が聞こえたのか、香菜子がドアを開いて出てきた。

「今日はカレーを作ったんだけど、晩ご飯がまだなら食べてもらえるかな」

玄関の灯りだけの薄暗い中でも、色白の美しい顔は輝いて見える。少し照れた感じであまりこちらを見ないのも、可愛らしい。

「い、いえ、すいません。香菜子さん」

そしてセーター姿でもそのスタイルの良さが際立《きわだ》っている香菜子に、大貴は見とれそうになりながらも、どうにか声を振り絞った。

「あの……いつまでもこんな関係を続けているのも、・いけないと思うんです」

いくら愛おしくても香菜子は人の奥さんなのだ。いつかは取り返しのつかないことになってしまう。

大貴が言うと、香菜子は悲しそうな顔を向けた。

「そ、そうよね。こんなおばさんにまとわりつかれて迷惑だったわよね、ごめんなさい、許して」

香菜子は震える声でそう言うと、自分の家の中に駆け込んでいく。

「そんな」

そんな理由でいけないと言っているのではない、あなたは充分過ぎるくらいに美しいです、そう叫びそうになる大貴だったが、ぐっと言葉を飲み込んだ。

それから一週間が経った。隣家に住んでいるため、どうしても顔を合わすこともあるのだが、香菜子は他人行儀な笑顔で挨拶をするのみだ。

さすがに大貴も引っ越しを考えているのだが、この海沿いの田舎町には賃貸のアパートやマンションは少なく、そして空きがないと、一軒だけある不動産屋の人に言われた。

隣町を探せば空室があるのかもしれないが、会社からはたまに大雪の日もあるので、なるべく近くに住むように命じられていた。

「さあ、あとは工場のほうに挨拶ね」

そんなとき、大貴は主任の真由とふたりで出張にいくことになった。同じ県内にある取引先と、会社が契約している魚介類の加工会社を回るためだ。

同じ県内といっても範囲が広いので、何カ所も回るとなると泊まりになり、今回も一泊二日の予定だった。

「この辺りはけっこう雪が降るんですね」

今年は雪が少なめだと、取引先のスーパーの店長が言っていたが、道路の両側にはけっこう雪が積もっている。

寒いがあまり積もることがない、香菜子も暮らす街とは少し違う風景だ。

「そうね、同じ県内でもこっちのほうは多いのよ」

社用車の助手席で、スーツ姿の真由が膝に置いたノートパソコンを見ながら答えた。

(うっ)

彼女は今日スカートスーツなのだが、タイト気味の紺色のスカートがずりあがっていて、白い太腿の半分ほどが見えていた。

しかも車内は暖房が効いて熱いと上着も脱いでいるので、白いブラウスの巨乳の膨らみもはっきりとしている。

（いかん……また人妻に……）

香菜子を相手にやらかしてしまったというのに、彼女と同じ人妻の真由に淫らな感情を持っている。

そんな自分がやばいと、大貴は前に目をやる。そもそもいまは運転中だ。

（この主任もセックスになると変わるのかな……）

清楚で大人しい香菜子も肉棒が挿入されると、まるで別人のように乱れ狂った。

性格的には男っぽい部分が多い真由も、行為が始まると香菜子のように牝の本能を剥きだしにするのだろうか。

（主任はどんな顔で……）

助手席に座る真由の身体は、香菜子にも負けないくらいにグラマラスで、そして熟している。

白い太腿からどうしても目が離せない大貴は、何度も唾《つば》を飲み込みながら運転を続けた。

「ご予約はコネクティングルームでいただいておりますが」

工場に挨拶をすませた大貴と真由は、日の落ちる頃合いに宿舎であるビジネスホテルに着いた。

が、そこのロビーでフロントの従業員から驚きの言葉が告げられた。

コネクティングルームとは、ふたつのシングルルームが、中にあるドア一枚で繋《つな》がっている部屋で、要は部屋は別だが行き来は出来るという造りになっているものだ。

今夜の部屋の予約は、その部屋で取られていたのだった。

「課長と村田くんのコンビのときと間違えたかなあ、あのふたりはよく部屋で酒盛りしてるらしいから」

支社の営業部には別のチームもあり、同じ地域の他の取引先も回っている。

課長と村田という男性社員もそのうちのひとつで、よくコネクティングルームを取って互いの部屋を行き来しながら、呑んでいるらしいと真由が言った。

それで予約をしてくれた営業事務の人間が、間違えてしまったのだろうと。

「まあ別にドアを閉めちゃえば普通のシングルルームだからいいよね」

フロント係と話していた真由が、うしろに立つ大貴に振り返って言った。

「え、ええ、もちろん、はい、大丈夫です」

昼間の妄想もあり、ドア一枚向こうとなると緊張するが、嫌がるとかえって自分がいやらしいことを考えています、と告白しているようになってしまう気がして、大貴は慌てて頷いた。

「私たちもふたりで呑もうか。この辺りってご飯食べるところも少ないんだよね」

こちらをふり向いたまま、真由はにっこりと笑って言った。

「えええっ！　そんな。部屋の中で主任とですか？」

大貴は驚いて声を大きくしてしまった。美熟女と一緒に部屋呑みは嬉しいが、またよけいなことを想像してしまいそうだ。

いまは、つい薄着で酒を呑む真由を思い浮かべてしまった。

「なによ、こんなおばさんと呑むのはいやだっていうわけ？　若いお姉さんのいるお店にしか呑みに行かないタイプなのかな、君は？」

少し冗談めかして言っているが、どこか怖い目をして真由は大貴ににじり寄ってきた。そして指で軽く大貴のネクタイの辺りを突いてきた。

「いや、その、いやだとか、そういう話では、はい」

「じゃあ、なんなの」

普段は気っぷのいいタイプなのに、いまはやけにねっとり絡んでくる。

そんな女上司に大貴は戸惑い、しどろもどろになった。

「あのー、このままお手続きしてよろしいでしょうか？」

そのときフロントのカウンターのほうから声がした。従業員の人も困った顔をしていている。

「すいません、コネクティングルームでかまいません、お願いします」

慌てて真由がカウンターの前に行き、用紙に記入していく。部屋は変更になることはなく、扉一枚で繋がった空間で、大貴は美女上司と一夜を過ごすことになった。


部屋に入ると、そこはごく普通のビジネスホテルのシングルルームだった。ただ違うのは壁に鉄製のドアがついていることだ。

「さあ、呑もうか、ふふ、おつまみも温めてきたし」

そのドアは最初から開けっ放しになっていた。隣の真由の部屋は大貴の部屋とは左右が逆になっていて、なんだか違和感を覚える。

真由は一度、ドアを閉めたあと、着替えをすませて酒宴の用意をしてくれた。

「ああ、美味しい。これが出張の楽しみなんだよね、まあ毎日、呑んでるけど」

部屋に備え付けてあった電子レンジで、近所のスーパーで買ってきたお惣菜を温め、それをつまみながらビールで乾杯。

ただ真由は缶ビールを一本呑むと、すぐに日本酒のフタを開けた。

「ああ、幸せ」

普段はあまり見せないような笑顔で、大きな瞳を細めた真由は、これも買ってきた紙コップに入れた地酒を美味しそうに味わっている。

すぐに頬がピンク色に染まってきて、色香が一気にあがった気がした。

（こんな顔をするんだな……主任も……）

この街に来てまだ数ヶ月。そういえば接待以外で真由と呑むのは初めてだ。

グレーのスウェットの上下という家にいるような服装の彼女は、普段のキャリアウーマンという鎧《よろい》を脱ぎ捨てているように思えた。

「呑んでる？　森村くん」

少し瞳まで潤ませて、真由は部下の大貴を見つめてきた。

「は、はい、呑んでます」

大貴自身はあまり酒が強いほうではないが、熟した色香を放つ美人上司を直視出来ずに、慌てて缶ビールを口に運んだ。

（それに……）

目線を下にやると、どうしても彼女の身体が視界に入る。

グレーのスウェットという色っぽくない服装をしているというのに、腰の辺りはやけにムチムチとしているし、なにより大きく膨らんだ胸のところが、彼女が動くたびにユサユサと弾んでいるのだ。

（まさかノーブラってことはないよな……）

その動きがかなり大きく、そして左右それぞれ別にバウンドしているように見える。

真由はブラジャーを外しているのか、そう思うと気になって仕方がない。

（いかん、直視しているとまた……）

大貴もパジャマ代わりに持ってきたスウェットを着ているのだが、万が一勃起なんかしてしまったら巨根ゆえ、股間にテントが張ってバレてしまうだろう。

とにかく見なければいいと、大貴は目をそこから逸らしながら飲み続けていた。

「ねえ、森村くん、少し寒くない？」

「そうですね、ちょっと聞いてみます」

部屋に来たときから、暖房はついていたのに中がひんやりとしていた。

さっき温度をあげたのだが、それでも少し寒かった。寒いこの地域の暖房設備はパワーがあるので、部屋の中は暑いくらいになるはずなのだが。

「え？　調子が悪いって？」

不思議に思って内線電話でフロントに連絡をすると、暖房設備の調子が悪いのに加えて、外の冷え込みもきついので温度があがりにくくなっていると告げられた。

電話越しにフロント係の人は平謝りしてくる。ただ、今夜はどうにもならないらしい。

「だそうです、主任」

大貴は、シングルルーム用の小さなテーブルの前に座ってチビチビ呑んでいる、真由に事情を説明した。

「それなら中から暖まったらいいんだよ、さあ君も呑め」

真由は地酒の五合瓶を振りあげて、明るく笑った。その反動でスウェットの下の巨乳がまたブルンとバウンドした。

結局、ふたりで五合瓶の日本酒を飲み干し、たしかに身体は暖まった。

部屋と部屋の境目のドアを閉めて別れ、シャワーを浴びて早々に寝ることにした。

たしかに寒いが凍えるほどでもない。身体が温かいうちにと、大貴は毛布を被《かぶ》って灯りを消した。

「やっぱりノーブラだったよな」

布団の中で大貴はつい口走ってしまった。あの自由な揺れ具合、時折浮かぶふたつのボッチ。

スウェットの厚めの布でもはっきりとノーブラだとわかり、大貴は直視しないように必死だった。

(でもまあ俺のことなんか男だと思ってないから、あんな大胆に)

部下であるのと同時に、少し出来の悪い弟のように思ってくれているのかもしれない。

だからノーブラも気にしないし、平気で何度も前屈みになってお酒を注いでくれたりしていた。

体育会系な性格でもやっぱり人妻なのだから、男と意識していたらそんな行動にはでないはずだ。

「しかし、大きかったな……何カップあるんだろう」

香菜子の巨乳はHカップだと言っていたが、それにも負けないくらい、前屈みの彼女の襟元からのぞいた乳房は豊満だった。

三十二歳の柔乳は、色白の肌をしていて眩《まぶ》しかった。

「サイズ？　Gカップかな」

「ひっ」

つい疑問を口に出してしまったが、思いがけず暗闇から答えが返ってきて、大貴は飛び起きた。

ドキドキしながら灯りをつける。

声の主は幽霊ではなかった。ふたつの部屋を仕切るドアが少し開いていて、真由が顔を出していたのだ。

「な、な、なにをしてるんですか、主任」

真由は少し開いたドアから頭だけをこちらに出しているので、明るくしてもそうとうに怖い。

もう布団を蹴っ飛ばして、大貴はベッドの上にへたり込んでいた。

「だって、寒いんだもん。森村くんに温めてもらおうと思って」

真由はそう言うとドアを勢いよく開き、大貴のベッドに飛び込んできた。

「うわっ、ちょっと主任、どういうつもり」

バストサイズを気にしている言葉を聞かれただけでも狼狽《うろた》えているというのに、その巨乳の持ち主が同じベッドの中に入ってきた。

大貴はもうパニックを起こしながら、さらにうしろに下がっていく。

「君も寒いでしょ、だから暖めあおうよ」

ベッドにお尻を突いたままへたり込むように座る大貴の前で、真由は四つん這いの体勢でじっと見つめてきた。

その大きな瞳がしっとりと潤んでいるのがまた艶めかしい。

「あの……酔ってます？」

「酔ってるよ。だからとっても寒いの」

あれだけ呑んだのだから、酔っているのは間違いないと思うが、真由の顔を見る限り、我を失うほど酩酊《めいてい》しているようには見えない。

そんな彼女はジリジリと、四つん這いのままにじり寄り、大貴の開いた両脚の間に入ってきた。

「主任って結婚されてますよね、だめですって」

普段から活発で明るい彼女は、子供もいないせいか、あまり家庭的な雰囲気は感じない。

だが紛《まご》うことなく人妻なのだ。

「そうよ。でも私だってさみしいときもあるし、この街には単身赴任《たんしんふにん》だもん。転勤してきてからずっと孤独だし」

もう大貴の胸の近くまで顔を持ってきている四つん這いの人妻主任は、悲しげに目線を下に向けた。

「実はね、私、もうすぐ東京の本社に戻るっている話が来てるの……」

大貴とは目を合わせないまま、真由はボソボソと静かに言った。

「えっ」

もともと彼女は職場の上司を殴り飛ばしていまの支社にやってきたのだ。真由の能力から考えたら東京の本社でバリバリやっていてもおかしくない。

彼女の力を評価していた上の誰かが戻そうとするのも、当然かもしれなかった。

「だからね、最後に思い出が欲しいの、この寒くて寂《さび》しい街に来てよかったって思える思い出が……」

顔を伏せたまま真由は目元の辺りを指で拭《ぬぐ》い、鼻をすすっている。普段、泣くようなイメージはまるでない女主任の涙に、大貴はドキリとした。

「いまだけでいいから、私を女として見て……」

ゆっくりと顔をあげた真由は、切ない顔で見つめながら、唇を近づけてきた。

（また人妻としてしまう……でも……）

支社に来て、いちばんお世話になった人の思いの丈《たけ》をぶつけられて、見捨ててもいいのか、そんなことをしたら真由がどれだけ傷つくだろうか。

（今夜だけなら……）

一瞬、香菜子にもう会えないと告げたときの、彼女の悲しげな顔が蘇《よみがえ》った。女性のあんな顔をもう見たくない。そう思った大貴は近づいてきた形の整った唇を受け入れた。

「んん……んんん……」

唇を強く押しつけあったあと、ねっとりと舌を絡《から》ませていく。

唾液に濡れた真由の舌が、大貴の口内を淫らに動き回り、クチュクチュと粘っこい音がビジネスホテルの部屋に響いた。

「んん、んく、んんんん」

大貴も負けじと舌を動かし、強く彼女の唇を吸った。鼻から荒い息を漏らす美熟女の四つん這いの身体から力が抜けていく。

「ぷは……ああ……大貴くん」

ようやく唇が離れると、真由は瞳を蕩けさせながら、大貴を初めて下の名前で呼んできた。

一気に女となった美人上司の赤らんだ顔に、心臓の鼓動が速くなっていく。

「主任……」

「いや、そんな呼び方……真由って呼んで……」

切ない声で言いながら真由はさらに距離を詰め、大貴の首筋に軽くキスをしてきた。

チュッチュッと音を立てながら、何度もキスを繰り返す。

「うっ、真由さん……涙が出てないですけど……」

首筋のくすぐったさに背中をよじらせながら、大貴は言った。

さっき泣いていたように思ったのだが、大きな瞳の周りには涙のあとが見えない。

「もう、無粋ね。いいじゃない、そんなこと」

妖しげな笑みを浮かべて、真由は大貴のスウェットの上であるトレーナーを脱がせていく。

ようはうそ泣きだったのだが、もう文句を言う気にはならないほど、大貴は真由の熟した色香に取り込まれていた。

「んんん……」

大貴を上半身裸にした真由は、なんと乳首に舌を這わせてきた。

男の乳首に唇を押しつけ、ねっとりと舐めていく。

「くう、真由さん、それっ、うう」

両手をうしろについたまま、大貴は快感に背中をのけぞらせた。

女性に自分の乳首を舐めてもらうのは初めてだ。くすぐったいような気持ちいいような、なんともいえない感覚に声が出てしまう。

「んんん、ああ……大貴くん……んんん、んく」

真由はそんな大貴を上目遣いで見つめながら、チロチロと乳首の先端を舐めている。

自分でも信じられないくらいに勃起した乳頭に、熟女の舌が這い回る。

「んあ、くう、真由さん、うう」

大貴はもうベッドについているお尻までくねらせながら、白い歯を食いしばって身悶えていた。

「真由さんも……」

四つん這いの上半身を大貴に預けるようにして顔を寄せている真由の、グレーのトレーナーの下で巨乳が揺れている。

自分だけ気持ちよくなっているだけでは申しわけないと、大貴は彼女のトレーナーを捲《まく》った。

「あ、やん、んんん」

トレーナーの前が捲れあがると、予想どおりノーブラの巨乳が飛び出してきた。

さっきGカップだと言っていた乳房は、四つん這いの身体の下で、フルフルと波打っている。

真由は一瞬だけ恥じらったような声をあげたが、またすぐに大貴の乳首にしゃぶりついてきた。

「うう、真由さんのおっぱい、大きくて柔らかいです」

乳首の快感に喘ぎながら、大貴はその巨乳を両手で揉みしだく。しっとりとした肌に指がどこまでも食い込んでいく。

Gカップの豊乳を手のひらで歪《ゆが》めながら、乳輪部がぷっくりと盛りあがった、淫靡《いんび》な感じのする乳首を指で掻いた。

「あ、ああ、大貴くん、あ、そんな風に、あ、ああん」

すると真由は、聞いたことがないような甲高い声をあげて、うしろに突き出しているお尻をくねらせ始めた。

乳首がかなり敏感なのか、表情も一気に崩れている。

「感じやすいんですね、乳首」

巨乳を揉みながら、こんどは指で乳頭部を摘《つ》まんでこね回す。両方の乳首をあくまで優しくつぶしていく。

「あ、あああ、だめ、ああ、はう、君、ああん、そんなエッチなやりかた」

大貴のことを、いつものように君と呼びながら、真由はトレーナーが大きく捲れた身体をくねらせている。

もう大貴の乳首を舐める余裕など失った真由は、唇を大きく割り開いて、何度も背中をのけぞらせた。

「だって、ああ、弱いの、ああああん、ああ、そこ、ああっ」

乳首が大貴の指で潰れるたびに、真由の身体が徐々に持ちあがっていく。

彼女は大貴の肩を摑むと、半開きの唇からはあはあと湿った息を漏らしながら、じっと見つめてきた。

(主任が……真由さんが求めてるんだ……)

言葉にはしていないが、膝立ちになって大貴の肩を持っている彼女の蕩けた瞳が、もっと乳首を責めてよがらせて欲しいと訴えているように思えた。

熟女の欲情を燃えたぎらせる女上司の乳首に、大貴は強く吸いついた。

「あっ、ああああん、それ、あああ、だめ、ああああん」

大貴の唇が乳頭部を捉えて舌が絡みつくと、真由は背中をさらに弓なりにして、大きな喘ぎを響かせた。

「んん、真由さん、もっと感じてください、んんんん」

仕事は完璧、そして美人で気遣いの出来る理想の女上司。そんな彼女を自分の舌が淫らによがり狂わせている。

そう思うと大貴はさらに燃えあがり、乳首をしゃぶりながら手を彼女のスウェットのズボンの中に差し入れた。

「あああ、大貴くん、あああん、そこは、あ、はうん」

さすがにパンティは穿《は》いているが、おかまいなしに大貴は、その奥に指を突っ込んで淫らな突起をこね回す。

すでに中は濡れていて、熱い粘液が絡みついてきた。

「あ、あああ、大貴くん、あああん、私、あああ、おかしくなってしまうわ、ああ」

もちろん乳首も忘れてはいない。大貴は激しくクリトリスを指責めしながら、乳首も強く吸い続けた。

「あ、あああ、はう、両方なんて、あ、あ、ああっ」

大貴が思っている以上に真由は感じやすいようで、もう身体から力が抜けている。

肩を摑んでいた手がポトリとベッドに落ち、頭もうしろに落ちそうになっていた。

「おっと」

ヘナヘナの女上司の身体を大貴は慌てて支える。ちょうど目の前に半開きの唇が来たので、そちらも強く吸った。

「んんん、んく、んんんん」

真由の身体からさらに力がなくなり、ただ大貴に身を任せて舌を絡みつけてくる。

豊満なボディを抱きしめながら、ねっとりと唾液を交換した。

「んんん……あ……ああ……大貴くん……ひどい子ね、私をこんな風にするなんて」

唇が離れると、うっとりとした顔で真由はそんなことを言った。

「だって真由さんのエッチな顔を見てたら、僕も止まれませんよ」

もう完全に蕩けきっている女上司の姿に、大貴は背中がゾクゾクするほど興奮している。

姉御肌の女上司をもっと狂わせ、その姿を見たい。そんな思いに取り憑《つ》かれていた。

「ああ、私も……ああ……」

大貴の言葉に頷き、真由はベッドを降りると、大胆にトレーナーを脱ぎ捨てた。

もともと飛び出していたGカップを弾ませながら、下も脱いでいく。大貴もそんな彼女を見つめながらベッドを降りた。

「スタイルいいですね……」

思わずそう呟いてしまうほど、パンティを脱いだ真由の肉体は素晴らしい。

バストもお尻も豊満なのに、ウエストは大きくくびれている。普段からトレーニングをしているとは聞かされていたが、ここまでとは思わなかった。

「そしてエッチです」

お尻の丸みも見事だし、Gカップの乳房もまったく垂れていない。

ただ陰毛だけはみっしりと生い茂っていて、芸術品のような身体の真ん中に広い草むらがあるのが、かえっていやらしさを強調していた。

「お世辞が上手ね。ほんとはおばさんだと思っているんじゃないの？」

真由は苦笑しながら、少し恥ずかしげに身体を横に向けた。三十二歳の彼女は肌の張りも強く、ビジネスホテルの弱めの灯りの中に浮かんだ肉体はほんとうに美しい。

「本気で言ってますよ。その証拠にほら」

照れながら謙遜《けんそん》している彼女に新たな一面を見ながら、大貴は下も裸になった。

ホテルの絨毯の床に直接立っている身体の中央で、大貴の逸物は隆々と反り返っていた。

「きゃっ、そ、それなに……そんなに大きかったの君……」

大貴の股間のモノの巨大さに、真由は口を手で塞いで驚いている。

「すいません、怖いですか」

こんな巨根を見せつけて、さすがに引かせてしまっただろうか。

大貴は彼女を気遣うが、興奮しきっている怒張は収まるどころか、さらに硬化してきていた。

「ああ、たしかに怖いわ……」

真由は大貴に言葉に答えながら、ゆっくりと前に出て、絨毯に直接膝をついた。

仁王立ちする大貴の足元に膝立ちになった美人上司は、その白い指をいきり立つ肉棒に伸ばしてきた。

「大きいのも怖いけど……これが中に入ってきたら……私、どれだけ感じてしまうんだろう……それが怖いわ」

真由はそんなことを言いながら、肉棒に何度か指を這わせ、唇をゆっくりと開いて亀頭を包み込んでいった。

「んん、んく、んんんん」

そして怖いと言った言葉とは裏腹に、大胆に舌を絡ませてしゃぶり始めた。

「ああ、真由さん……」

形の綺麗な唇が大きく伸びて、巨大な亀頭を飲み込んでいく。

彼女の口内の温かさを肉棒に感じ、大貴は思わず声を漏らしてしまった。

(あの……主任が俺のチ×チンを……)

厳しくも優しい、そしていつも凛《りん》としている真由が、自分の足元に跪《ひざまず》いて肉棒に奉仕している。

その様子を見下ろしていると、男の征服欲のようなものが刺激され、大貴はさらに昂ぶっていくのだ。

「んん、んく、んんん、んんんん」

そんな部下をたまに見あげながら、真由は頭を前後に動かし始めた。

戸惑っていた風にも見えたが、どんどん集中力をあげている感じで、頭を大きく振り頬をすぼめてしゃぶっている。

「くうう、ううう、すごいです、ううううう」

熟女の口腔の粘膜全体で包み込むようなフェラチオに、大貴は仁王立ちの身体を震わせていた。

肉棒全体が痺れているような感覚で、油断しているとこのまま射精してしまいそうだ。

「んん……ああ、ほんとうに、固いわ、ああ……」

しばらく大胆なしゃぶりあげを繰り返したあと、真由は一度肉棒を吐き出して、うっとりとした顔を見せた。

大きな瞳を妖しく輝かせながら、そそり立つ怒張の裏側に舌を這わせてきた。

「うう、それ、くう、たまりません」

真由は亀頭の裏筋から、竿、そして玉袋の辺りまでゆっくりと舌でなぞっていく。

甘い快感が頭の先まで突き抜けていき、大貴は少々間抜けな声をあげて腰をよじらせていた。

「ああ、大貴くん、ビクビクしてる」

真由のほうもなにかに取り憑かれたような感じで、愛おしそうに舌で玉袋や竿、そして亀頭のエラを舐め続けている。

熟女の包容力とでも言おうか、肉棒全体を慈《いつく》しむ舌使いだ。

「ああ、真由さん、うう、すごいです、うう、でも、そろそろ」

このまま感極まりたい思いを懸命に堪えて、大貴は声をひねり出した。

自分だけ気持ちよくなって終わりにしていいはずがないからだ。

「ああ、うん……来て、大貴くん」

もうずっとヒクついている肉棒から舌を離すと、真由は微笑みを浮かべた。

その形の整った唇が唾液に濡れて、ホテルの灯りに淫靡に光っている。

「まだ怖いですか？　ゆっくりしますから……」

そんな彼女の手を引いて、大貴は立ちあがらせると、あらためてその肉感的な白い身体を抱き寄せた。

床に立ったまま向かい合って抱き合い、真由の白い首筋にキスをした。

「あん、ああ、私、ああ、大貴くん、ああ、聞いて」

首筋への愛撫に身をよじらせながら、真由は言った。大貴がキスをやめると、真由は恥ずかしそうに頬を赤くして顔を伏せた。

「私、乱れるのが怖いっていったけど……ほんとうは激しく責められたいの……でもあんまり感じたら、君に引かれるかなって思ったから」

艶のある肌の額を大貴の胸にあてて、真由はボソボソと下向きに呟いている。

「仕事のストレスも、うまくいっていない旦那のことも吹っ飛ぶくらい狂いたいの、ほんとうは……」

ここでようやく真由は顔を上にあげて、大きな瞳で大貴を見つめてきた。

こんどこそ、その瞳は涙で潤んでいるように思えた。

「わかりました。全力でいきますから俺……」

真由が夫とうまくいっていないというのは初めて聞いた。彼女は普段、あまりそういう話はしない。

ただ弱い姿を見せたことのない真由が、初めて甘えるような顔を見せている。これに応えなければ男じゃない。

大貴はそんな思いを抱きながら、真由の片脚だけを持ちあげた。そこにはベッドがある。

「えっ、なにを大貴くん」

右脚だけをベッドの上にあげられて真由は驚いた顔を見せる。

引き締まりながらも肉付きのいい白い太腿が大きく開き、股間が晒された。

「このまま入れるんです」

脚を開いただけで熟した女の香りが立ちのぼってきた。その真ん中に向かって大貴は彼女を抱き寄せたまま肉棒を突きあげていった。

「えっ、え、あ、ああああっ」

向かい合って抱きしめ合ったまま、肉棒が真由の入口を押し開いた。

驚いたような顔を見せた彼女だったが、すぐに今日いちばんの喘ぎ声を響かせた。

「くう、真由さんの中、すごく熱いです」

熟した膣肉は真由の昂ぶりを示すように、ドロドロに蕩けている。その甘い感触に大貴も声をあげながら、肉棒をさらに奥へと押しあげていった。

「ひ、ひあっ、あああ、これ、あああん、すごいい」

真由は早速感極まったような声をあげながら、大貴に引き寄せられている身体を震わせている。

彼女の上半身がのけぞるたびに、ふたりの身体の間でたわわな巨乳がいびつに形を変えた。

(なんだこれ、吸いついてきてる？)

真由の膣肉はやけに肉棒に密着している感覚がある。香菜子の媚肉は絡みつくような動きをみせていたが、それとは違う。

肉棒を進めると、濡れた媚肉が吸いつく中を掻き分けていく形になり、強い快感が大貴の全身を突き抜けた。

「ああ、はあああん、あああ、もう私の中、ああ、いっぱい」

その摩擦は真由の感度もあげているのか、亀頭が奥に届く頃には息があがっている。

ただまだ大貴の逸物は、そこからさらに奥に入っていくのだ。

「ひっ、ひあ、なにこれ、深い、ああ、あああん」

巨大な亀頭が膣奥からさらに奥地まで侵入していく。

大きな瞳と唇を開き、真由は天井を向いて絶叫をあげている。

「もう全部入りますよ、おおっ」

よく引き締まった彼女の腰を抱えたまま、大貴は勢いをつけて逞しい逸物を突きあげた。

吸いつきの強い媚肉と子宮口を巻き込むように、巨根が最奥を貫《つらぬ》いた。

「ひいいいい、あああ、すごいい、あああ」

すべてが収まりきった瞬間、よほど強い快感が突き抜けたのか、真由は大貴の肩を摑み、白い背中を大きく弓なりにした。

片脚立ちの熟した身体全体が震え、巨大なGカップのバストが波を打った。

「これからですよ、真由さん」

狂わせて欲しいと言った美熟女の、完全に崩れてしまった顔を見つめながら、大貴は下からのピストンを始めた。

右脚だけをベッドにあげ、大きく開かれた股間に、血管が浮かんだ怒張が激しく出入りを繰り返す。

「ああ、ひいいん、ああ、これ、ああ、あああ」

力が抜けるのか、時折、大貴の肩から手を離しそうになりながら、真由はひたすらに喘いでいる。

床についている左脚もずっとよじれていて、揺れる乳房もピンクに染まっていた。

「まだまだいきますよ」

もう力が入らないであろう真由の身体を、大貴はベッドに倒していく。

いったん肉棒を抜き取り、熟れた身体をベッドにうつ伏せにさせる。そして自分もベッドに乗ると彼女の腰を抱えて引き寄せた。

「あ、ああ……大貴くん、ああ……」

四つん這いの体勢となった真由は、切ない目を潤ませながら、うしろにいる大貴を見つめる。

黒髪がすっかり乱れた彼女の、半開きになったままの唇がまたいやらしい。

「これからですよ、真由さん。いつも凛々《りり》しい主任が、快感に狂ったらどんな顔をするのか、しっかりと見てあげます」

狂わせて欲しいといった真由に、どこか被虐的なものを感じていた大貴は、そんな言葉をかけ、見事な丸みを保っている巨尻に手をかけた。

ぱっくりとふたつの尻たぶが割れ、口を開いたままのピンクの媚肉や、セピアのアナルが露《あら》わになった。

「来て、ああ、狂いたいわ。今日は大丈夫な日だから、好きなだけ中に出してかまわないから……ああ、たくさん突いて」

顔だけを大貴に向けてそう呟いた真由の表情に、もういつもの女上司の面影はない。淫女と化した美熟女の尻たぶをしっかりと固定し、大貴は逸物を突き立てた。

「ひい、あああん、いい、あああ、固いわ、あああん、すごいい」

二度目の挿入でも彼女の媚肉は強く吸いついている。エラにざらついた肉壁が擦れる快感に大貴も歯を食いしばりながら、一気に最奥を貫いた。

「ああ、ひいいん、いい、ああ、ああ、あああん」

そのままピストンを始めると、真由の四つん這いの身体が大きく前後に揺れ、たわわな巨乳が千切れんばかりに弾む。

大貴の腰がぶつかるヒップも、乾いた音を立てて波打っていた。

「ああ、はああん、奥、ああん、たまらない、あああん」

三十二歳の熟した身体は見事なほどに昂ぶり、全身から淫靡な香りをまき散らしながら怒張を貪っている。

バックの体勢なので表情は見えないが、声だけでも彼女が快感に溺れているのがわかった。

「俺もすごく気持ちいいですよ、真由さん、おお」

そんな彼女に煽られるように、大貴も一気にピストンのスピードをあげていく。

怒張が大きく口を開いた膣口を出入りして、愛液が飛び散る。なにもされていないはずのアナルまでがヒクついているのが、なんとも淫靡だった。

「ああ、ああん、大貴くん、ああ、私、もうだめ、あああ」

四つん這いでシーツを摑んだ真由は、前を向いたまま絶叫に近い声で限界を告げた。

「イッてください、おおお」

のけぞる汗ばんだ白い背中を見つめながら、大貴はピストンのスピードをさらにあげた。

亀頭が彼女の最奥にこれでもかと突き立てられ、豊満な尻たぶが激しく波打った。

「はあああん、イク、あああ、イッ、イクうううう」

ベッドに膝をついた白い脚をガクガクと震わせ、真由は甘い悲鳴を響かせてのぼりつめた。

大きくのけぞる上半身の前で、巨大な乳房が千切れんばかりにバウンドした。

「あ、あああ、すごい、ああん、あっ、はああん」

のけぞったあとは、頭を前に落としながら、美熟女は唇を開き何度も四つん這いの身体を震わせている。

断続的に絶頂感がこみあげているのだろう、時折、呼吸を詰まらせながら、歓喜に溺れていた。

「あ、ああ……ああん……」

何度か全身を痙攣させたあと、真由はそのままベッドに崩れ落ちた。

肉感的な身体がベッドにごろりと転がって怒張が抜け落ちる。仰向けになった真由は大きな瞳を虚ろにしながら呼吸を荒くしている。

脚を閉じる気力もないのか、だらしなく開いた股間にある女の裂け目が、剝き身で晒されていた。

大量の愛液にまみれてヌラヌラと輝くピンクの女肉が、小刻みにうごめく姿はなんとも淫らだ。

「まだまだこれからですよ、真由さん」

軟体動物のような動きを見せる熟女の秘裂に引き寄せられるように、大貴は仰向けで投げ出されている彼女の両脚を抱えた。

そしていまだいきり勃ったままの怒張を、濡れそぼった入口に押し当てた。

「えっ、そんな私、いまイッたばかり、あっ、ああ」

まだ絶頂の余韻に浸《ひた》っている感じだった真由は、さらに追撃を行おうとする大貴を見つめて驚き戸惑っている。

ただ身体に力が入らないのだろう、仰向けの身体はほとんど動かず、盛りあがった柔乳がフルフルと揺れているくらいだ。

「今日は狂いたいって言ったのは真由さんじゃないですか。お望みのとおり、おかしくなるまで突き続けますから」

すべてを忘れるくらいに責めて欲しいと言ったその希望を叶《かな》えるべく、大貴は肉棒を押し出していく。

もちろんだが、彼女のためだけではない。大貴自身もこの美しい女上司を悦楽に狂う牝犬にしたいと思っていた。

「あっ、ああ、言ったけど、ああん、こんなの、あ、あああ」

さっきは一気に押し込んだので、こんどはゆっくりと怒張を進めていく。

吸いつきの強い媚肉が肉棒をさらに求めるように締めつけてきた。

「真由さんのオマ×コ、すごく喰い絞めてますよ。エッチなオマ×コはもっとして欲しいって言ってます」

大貴もまたサディスティックな気持ちを昂ぶらせながら、絶頂後も貪欲に怒張を求める膣肉を揶揄《やゆ》し、真由を見下ろした。

肉棒のほうも一気には突かず、小さく前後に動かしながらゆっくりと進めていく。

「あっ、あ、あ、いやっ、あああ、そんなこと言うなんて、ああ、ひどいわ」

真由はもう泣き顔になりながら、頭を何度も横に振っている。ただ開いた唇からは絶えず甘い声が漏れている。

さらに豊満な腰回りを前後に大きく揺らして、肉棒を求めるような動きまで見せていた。

「じゃあ、抜いちゃいますか？」

言葉と身体の動きが裏腹な真由を見てほくそ笑みながら、大貴は少し怒張をうしろに下げた。

もう奥の寸前までいっていた亀頭が、膣の中ほどまで後退する。

「あっ、いやっ、抜いちゃやだめ、ああ、だめぇぇ」

真由は大きな瞳を見開くと、仰向けのまま頭だけを持ちあげ、慌てふためいたような声をあげた。

もちろん腰のほうも大きく上下に揺れ、大貴を摑んで引き寄せたいのか、両腕を懸命に伸ばしてきた。

「欲しいんですね、僕のチ×チンが」

伸ばされた腕をがっちりと摑んで大貴は、ベッドに横たわる真由に強く言った。

普段は注意されたり指示されたりする側の自分が、女上司を支配している感覚にまた興奮を深めていた。

「あ、あああ、欲しいわ、ああ、大貴くんのおチ×チン、奥に欲しい」

絶頂後すぐの挿入に戸惑っていたのもどこへやら、真由は瞳を妖しく潤ませ、半開きの唇から舌までのぞかせながら訴えてきた。

もう一瞬たりとも我慢出来ない、そんな切羽詰まった顔だ。

「了解、いきます」

頷いた大貴は彼女の両腕を引き寄せながら、一気に腰を前に突き出した。

「ひっ、ひああ、来た、あああ、ああ、あああああ」

濡れ落ちている媚肉を引き裂いて、亀頭が最奥に達し、そこから子宮口を巻き込みながらさらに深く突き立てられた。

真由は瞳をさまよわせながら、大きく唇を割って歓喜している。

「入れただけで終わりじゃないですよ」

もう快感のるつぼの中にあるといっていい女体を、大貴は強くピストンする。

吸いつきの強い媚肉がさらに狭くなっていて、快感に腰が震えるが、それを耐えながら逸物を振りたてる。

「あ、あああ、いい、あああああん、たまらない、ああ、ああ」

ぱっくりと開いた膣口を野太い怒張が激しく出入りする。愛液がかき出されシーツに染みが出来ている。

そして女主任のよがり泣きは凄まじい。

「ああん、ああ、奥、ああん、あああ、いいのう、ああ」

もう瞳はずっと宙をさまよい、唇も開きっぱなしだ。意識も虚ろになっているのか、肉棒のなすがままに豊満な身体を真由はよじらせている。

股間どうしがぶつかるたびに、だらしなく開かれた両脚が引き攣り、胸板の上で巨乳がいびつに形を変えながら踊っていた。

「どこがいいんですか、真由さん」

大貴はピストンを強めながら、彼女の腕を強く摑んで言った。

「あああん、ああ、ああっ、オマ×コ、あああ、真由、オマ×コの奥がいいのう」

もう心の芯まで蕩けきっているのだろう。真由は淫語すらもためらいなく叫んでいる。

ピストンを続ける大貴の頭に、仕事をしているときの真由の凜々しい姿がよぎった。

「こっちへ、真由さん」

真由の崩れた顔をもっと近くで見たい。そしてさらにこの熟れた肉体を追いつめて狂わせたい。

そう思いながら大貴は、摑んでいる真由の両腕を自分のほうに引き寄せた。

「ああ、ああ、なにを、あっ、あああああん」

真由の身体を持ちあげながら、大貴はうしろに尻もちをついた。

彼女は座った大貴の股間に跨がる形となり、体位が対面座位に変わった。

「あああん、これ、ああ、深いい、あああああ」

この体位になると股間どうしの密着度があがり、さらに亀頭部が彼女の膣奥深くに達した。

もう真由は口をパクパクをさせながら、天井を見あげて呼吸を詰まらせている。

「いきますよ」

大貴はベッドの反動も使いながら、下から真由の肉体を突きあげた。

「ああ、あああん、ああ、ひいん、おかしくなる、ああん、あああ」

ベッドのバネがギシギシと音を立てる中、真由の白いグラマラスボディが大貴の膝の上で踊る。

汗に濡れた巨乳も、まるで別々の意志をもったかのように、柔肉を波打たせて舞い踊っていた。

「ひいん、ひい、ああ、狂っちゃう、ああ、ああん、ほんとにおかしくなっちゃう」

最初に狂わせて欲しいと口にしていた真由は、そんなことを叫びながら、肉棒が突きあがるたびに目を泳がせている。

「なにもかも忘れられそうですか？　真由さん」

こんどは彼女の腰を抱きしめ、大貴はリズムよく怒張を突き続ける。

吸いつきの強い媚肉に擦られながら、亀頭を激しく膣奥に突き立てた。

「はあん、忘れてる、ああん、もう大貴くんのおチ×チンのこと以外考えられない」

真由は大貴の肩を摑んでのけぞりながら、そんな言葉を口にした。

「あああん、私、ああ、オマ×コだけの女になってる、ああ、あなたのおチ×チンでオマ×コ突かれて悦ぶだけの女になってるよう」

そして泣き顔を見せた真由は、距離が近い大貴の目をじっと見つめながら、そんなことを叫んだ。

「辛いですか、そんな女にされて……」

美しく仕事も出来る真由が肉棒に屈している。それは彼女にとって苦しみなのか、それとも悦びなのか。

ただその答えは真由の開きっぱなしの唇と虚ろな二重《ふたえ》の瞳が教えてくれている。

大貴は引き締まった真由の腰を抱き寄せると、さらに肉棒を突きあげた。

「あああん、幸せよう、あああん、真由、あああん、大貴くんのおチ×チンのものにされたいのう、あああああん、ああ」

マゾ的な興奮も昂ぶらせているだろう、真由は乱れ狂いながら叫び、大貴の唇に吸いついてきた。

「んんんん、んく、んんんんん」

上下の穴で繋がりながら、ふたりの身体が強く密着した。大貴は今日いちばんの力を込めて肉棒をピストンした。

「んんん……ぷは……ああん、ああ、もうだめ、またイク、真由イッちゃう」

グラマラスな身体を大貴の膝の上で踊らせながら、真由は絶頂を口にした。

そしてさらに求めるように自ら腰を前に突き出してきた。

「くうう、真由さん、俺もイキます」

吸いつきの強い膣内の、さらに狭いところに亀頭が滑り込み、愛液に濡れた粘膜が強く男の敏感なエラや裏筋を擦った。

大貴ももう限界などとっくに越えていて、精神力で暴発を押さえている状態だった。

「ああ、来てえ、あああん、中に出してえ、ああ、イク、もうイク」

中出しを求めながら、女上司は熟した身体をのけぞらせた。その動きから少し遅れてGカップの柔乳が大きくバウンドする。

「くうう、イキます、おおお」

ベッドの反動を使い、大貴は最後とばかりに怒張を突きあげた。

そして同時に目の前で波打つ巨乳の先端で勃起している、薄い色の乳首に強く吸いついた。

「ひいいい、そこだめ、あああ、イク、真由、イクうううう」

もう頭までうしろに落としながら、真由は全身をガクガクと痙攣させた。

その反応は凄まじく、媚肉もまた強く収縮して怒張を喰い絞めてきた。

「んんんん、んんんんん」

乳首に吸いついたまま、大貴も腰を震わせた。怒張の根元が締めつけられ、勢いよく精液が飛び出していく。

「はああん、来てる、ああ、真由、中イキしながら精液、出されてるぅ」

もうプライドもなにもすべてを崩壊させた真由は、淫らな叫びをあげながら、ひたすらに全身を震わせている。

「ううう、エロいです、真由さん、うう、くううう」

牝のケダモノとなった女上司の、淫靡に崩れた顔を見つめながら、大貴は何度も射精し続けるのだった。

第四章　乳首責めで悶える人妻主任

飛ばされてやってきた寒い僻地の思い出が欲しい。だから今夜だけ乱れたい。コネクティングルームでの夜、真由はそんなことを口にしてよがり泣いた。そのはずだった……。

「ちょっと、ええっ」

冬場は暗くなるのが早く、誰もが早く家路につきたくなる。

今日も外回りから帰ってきたら、すでに支社のほとんどの人間が帰宅していた。営業部もすでにみんな退社している様子で、大貴は一息つこうとイスに座った。そのとき、なんと机の下から手が伸びてきた。

「な、なにをしてるんですか、そんなところで」

ブラウスにタイトスカートの真由がデスクの中でしゃがんでいた。彼女はニヤリと笑うと大貴の股間のファスナーを下げようとしてきた。

周りにある人影は、少し離れた場所にいる副支社長くらいだろうか。もう残業となる時間だがまだ机に座って書類を見ている。

その副支社長に聞こえないように、大貴は小さな声で言った。

「うふふ、待ってたのよ、今日も一日お疲れ様」

細く長い指で大貴のファスナーを開けた真由は、パンツの中から肉棒をつまみ出して弄《もてあそ》び始めた。

「くっ、なにしてるんですか、会社ですよ」

大貴は文句を言うが、もちろん大声など出せるはずもなく、囁くような音量だ。

副支社長のほうを見たら、いまは机の上のパソコンに集中している様子で、こちらを気にする素振りもないのが幸いだった。

「ふふふ、それもまたスリルがあっていいと思わない？」

形の整った唇を、イスの上に姿を見せた肉棒に寄せてきた真由は、そのままピンクの舌を動かし始めた。

唾液に濡れた舌先が、まだだらりとしている亀頭を小刻みに舐め始めた。

「スリルって、バレたらふたりともただじゃ、すみませんよ」

不倫に厳しい昨今、不貞を働いただけでなく、会社の中で行為に及んでいたなどとなると、転勤くらいではすみそうにない。

「だいたい、一度だけって約束、く、ううう」

一度だけでいいから思い出が欲しいと言ったのは真由のほうではなかったのか。

文句を言う大貴だが、副支社長に聞こえないよう小声なのでどうにも迫力がない。

そうしているうちに真由の舌の動きが激しくなり、大貴はイスに座った身体を引き攣らせた。

「んん、うふふ、だってコレを忘れられないようにしちゃったの、大貴くんじゃない」

頬を赤く染め、大きな瞳を妖しく輝かせて真由は机の下から見つめてきた。

その表情は一気に牝のものとなっている。そして舌はずっと尿道口の辺りを舐め続けている。

（このギャップがほんとうにたまらないんだよな……）

身体の関係を結んだあとも、仕事をしているときの真由は以前と変わらない。

部下の大貴のことを、厳しくも優しく指導してくれる。ただいったんスイッチが入ると、凜々しい顔が牝のものに一変するのだ。

「んんん、んく、んんんんん」

大貴の注意もどこへやら、真由はルージュのひかれた唇で亀頭を包み込むと、ねっとりとした動きでしゃぶりだした。

熟女の熱のこもったフェラチオに、肉棒はすぐに勃起し、快感に痺れていく。

「くう、もうどうなっても知りませんよ」

熱のこもったしゃぶりあげに、大貴のほうもおかしくなってくる。実は真由に迫られて関係をもったのは、あの夜以降、何度かあった。

「んんん、うふふ、私はどうなってもいいわ、このおチ×チンがあれば、んんん」

毎回、真由のほうからこうして迫られて押し切られている。ただ会社の中で、しかも他の人間がいる空間でされるのは初めてだ。

「恐ろしいこと言わないでくださいよ、うっ、くうう」

「んんん、冗談よ。でも半分本気かな、私は君に変えられてしまった女だから」

真由は大貴とセックスをしてほんとうの快感を知ったという。

夫との夜の営みのなかでもエクスタシーにのぼりつめた経験はあるが、深さが違うと言った。

それ以来、身体全体がやたらめったら感じるようになったそうだ。

人生観が変わるくらいの快感を与えた責任をとれと、いつもこうして大貴を求めてくるのだ。

「ううう、くううう、うくう」

それでも彼女は人妻なので、セックスするのは問題があると思うのだが、大貴のほうもいつも流されてしまう。

真由のグラマラスで熟した肉体に溺れているのも事実だが、女の子のように甘えた顔で迫られると、どうしても断りきれなかった。

「んんんん、んく、んんんん」

そんなことを考えている間に肉棒は完全に勃起し、血管を浮かびあがらせてそそり勃っている。

真由のほうも大胆に唇を開き、頬をすぼめてしゃぶりだしていた。

（ほんとにエロ過ぎるよ……）

うっとりとしながらフェラチオする女主任の顔は、頬も赤らんでいて、可愛らしさと淫靡さが同居している。

大貴のほうもまた欲望が昂ぶり、彼女のブラウスのボタンを外していく。

「え、ノーブラ？」

白のブラウスの前が開くと、豊満なGカップの双乳が剝きだしで飛び出してきた。

もしかして今日一日ノーブラだったのか、それとも隠れる前に下着を外したのか？

いろいろな思いが駆け巡り、狼狽《うろた》える大貴を見て、亀頭を飲み込む真由は目を細めている。

「ううう、くううう、うう」

こんな巨乳が自在に揺れていたら、男は見とれてしまうだろう。そんなことを考えているともうたまらなくなって、大貴は腰をくねらせながら、白い柔乳の先端にある乳首を軽く摘まんだ。

「んん、んく、ん、んんんん」

ふたつの突起を同時につぶされ、強い快感が駆け抜けたのか、真由は大きく目を見開いて、タイトスカートの腰を引き攣らせている。

それでも肉棒を飲み込んで離さない真由の乳頭を、大貴は執拗《しつよう》にこね回す。

「んんん、んくう、んんんん」

もともと真由は乳首がかなり弱かったらしく、それが大貴と関係を持つようになってさらに敏感になっているらしい。

怒張をしゃぶりながら、少し困った風にこちらを見あげてくる女上司の瞳がなんとも淫靡で、大貴はさらに強く乳首を摘まんで引っ張る。

「んっ、んんん、んん」

大貴の足元でブラウスをはだけた身体がビクビクと震えている。目をきつく閉じ、眉間にシワを寄せてタイトスカートの腰をよじらせる。

もう必死なのか、肉棒にすがるように吸いついて、真由は身悶えていた。

（もっといじめたい……）

いつしか大貴も夢中になりながら彼女の乳首を責めていく。もちろん声を出されたらたいへんなことになるのだが。

そのとき目の前に人影が見えて、大貴ははっとなって顔をあげた。

「森村くん、今原主任を見なかったかい？」

人影は副支社長だった。大貴の席は、机が向かい合わせにいくつも並べられた島の中のひとつで、副支社長は反対側の机のほうに立っているので、足元の行為には気がついていない。

「いえ、僕が帰ってきたときには、いらっしゃらなかったですが……」

とはいえ、その今原主任は大貴の机の下でフェラチオをしている。副支社長がこちらに回ってきたらすべて終わりだ。

「そうか、ちょっと用事があったんだが、いやまあ明日でもいいか」

もう真由は帰ってしまったと思っているのだろうか、副支社長は頭を掻いている。

そのとき大貴の肉棒に柔らかいものが這ってきた。

（ええっ、なにを考えて）

それは唾液に濡れた真由の舌だ。いきり勃つ怒張を咥《くわ》えたまま、彼女は大きく舌を動かして亀頭を舐めていた。

足元を見ると、楽しげに目を細めながら、真由は激しく舌を動かしている。

（うわ、ば、ばかな、くうう）

やめてくれと大貴は目で訴えるが、そうすると真由はますます調子に乗って、亀頭を吸う動きまで見せている。

さっきの乳首責めへの意趣返しだろうか。大貴は必死で歯を食いしばって声が出るのを堪えている有様だ。

「ん、どうかしたか？」

大貴の様子がおかしいと思ったのか、副支社長が首をかしげている。大貴は慌てて笑顔を作ってなんでもありませんと答えた。

「そうか、まあ君も馴れない土地だから、あまり無理はするなよ」

基本的に優しい性格の副支社長は、様子がおかしい大貴を気遣ってくれている。

仕事ではなく他のことで無茶をしまくってます、とは言えるはずもない。

「じゃあ私は帰るから、君も早めに帰宅しなよ。鍵だけよろしく」

副支社長はそう言うと、自分のデスクに戻って行き、上着とカバンを手にした。

「お疲れ様です」

副支社長の背中を見送りながら、大貴はほっと息を吐いた。

「うふふ、君もお疲れ様」

事務所のドアが閉められてしばらくすると、机の下から真由が出てきた。

大きく前が開いたブラウスの間で、Gカップの丸みの強いバストが弾んでいる。その先端にある突起はギンギンに尖りきってきた。

「な、なにを考えてるんですか、たいへんなことになりますよ」

一発でクビになる案件なのに、副支社長が近くに来てもフェラチオをやめないとはどういうつもりだ。

正直、怒りの気持ちもあるのだが、真由の赤らんだ顔を見ていると、大貴はなぜか勢いのある声は出せなかった。

二重の大きな瞳を妖しく輝かせる、発情した熟女のオーラに飲み込まれたのだ。

「ふふ、ごめんね。でも私、大貴くんとだったら、どうなってもいいと思うときがあるのよ」

　重量感のある巨乳を晒したまま、真由は大貴と向かい合う形で、机の上にタイトスカートに包まれた豊満なお尻を乗せた。

　そして、呆然となる大貴を見下ろしながら、頬を撫でてきた。

「不倫がバレて会社をクビになって夫にも捨てられて……君とふたりで誰も知っている人のいない町で生活する、そんなことを考えたりするのよ」

　そう言いながら真由は濡れた唇を微笑ませている。女の情念とでも言おうか、なにか壮絶な覚悟を決めたような女上司の笑顔に、大貴はただ圧倒された。

　背中をゾクゾクと震えが走り、全身の肌が泡立っていくような感覚に、大貴は陥《おちい》っていた。

「嘘よ、うふふ、まさかこんなおばさんと駆け落ちみたいなことといやよね」

　タイトスカートの裾から、ムチムチとした白い太腿をのぞかせる美熟女は、声を少し明るくして言った。

「いやだなんて……そんなことないですよ」

　半分、頭がぼんやりとしたまま大貴は呟いていた。若い女にはない、熟した感じのする白い太腿の色香に、もう頭がおかしくなりそうだった。

「うふふ、嬉しいわ。でもいまだけでいいの、私が東京に戻るまでの間だけ、たくさん愛して」

大貴の頬を撫でながら、少し悲しげに笑った真由は、パンプスを履《は》いた両足も机の上にあげた。

両手はうしろに置き、普段仕事をしているデスクの上で、女上司は大胆なM字開脚を見せた。

「ノ、ノーパン」

太腿が大きく開かれると、タイトスカートがずりあがり、彼女の股間が晒された。

そこにはパンティはなく、熟女らしくみっしりと生い茂った陰毛と、すでに愛液にまみれて口を開いているピンクの肉唇があった。

少しは予想していたが、あらためていつもの服装の中がノーパンノーブラであったことに、大貴は驚きの声をあげた。

「ねえ、このまま来て、大貴くん」

呆然となる大貴に、うっとりとした目を向けて、机の上でM字開脚の美熟女は言った。

彼女も興奮しているのだろうか、開かれた白い内腿が小刻みに震えていた。

「い、いきます」

もうこうなると大貴もブレーキが利かない。下半身だけ裸になると、いきり勃った怒張を目の前の濡れた肉壺に押し当てていく。

もしかすると、まだ帰社していない社員が建物の中にいて、事務所に入ってくるかもしれない、そんな思いもあるが、目の前の熟れきった女肉からの淫らな香りに若い大貴は吸い寄せられた。

「あっ、ああん、いい、あああん、大きいわ、あああん」

野太い亀頭が愛液まみれの膣口を押し拡げると同時に、真由は両手をうしろについた上半身をのけぞらせた。

はだけたブラウスがさらに乱れ、たわわな巨乳がブルンと弾んだ。

「真由さんの中もドロドロです、くう、ううっ」

肉棒をゆっくりと彼女の奥に向けて進めていく。蕩けきった媚肉はいつものように強い吸いつきをみせて亀頭や竿を喰い絞めてくる。

この感触がたまらず、すぐにイキそうになるが、懸命に堪えて大貴は腰を押し出す。

「ああ、はああん、いい、奥、ああ、深いいい」

亀頭が最奥からさらに奥にまで達すると、真由は大きく喘いで瞳を泳がせた。

静かで広い事務所のフロアに、熟女の悩ましい嬌声が響き渡った。

「真由さん、ほんとうに誰かに見られるかもしれませんよ」

そんなことを言いながらも、大貴は一気に腰の動きを速くした。あまりに真由の喘ぐ顔が色っぽくて力がさらに入ってしまう。

「ああ、ああ、誰か来たら、終わっちゃう、ああん」

真由はさらに声を大きくして、腰までタイトスカートが捲れたM字開脚の下半身をよじらせている。

瞳もどんどん妖しくなり、揺れる乳房の先端にある乳頭がビクンと動いた。

(興奮しているのか？　見つかるかもしれないと思って……)

不倫で、しかも会社の中でのセックス。露見したら懲戒免職ものの行為の中で、真由は顔をさらに蕩けさせている。

スリルが彼女をさらに昂ぶらせているのか。大貴は腰の動きを速くしながら、目の前で尖っているピンクの乳首に触れた。

「ああん、乳首だめえ、ああん、ああ」

ヒクついている乳頭を軽く掻いただけで、真由は過敏なまでの反応を見せた。

腕から力が抜けて上半身が支えられなくなったのか、ヘナヘナと机の上に倒れていった。

「見つかったらクビだけじゃないですよ。主任は管理職のくせに、事務所でエッチしてよがり狂っていた変態女って、伝説になるでしょうね」

わざと他人ごとのように言った大貴は、こちらはまだM字に開いたままの両脚の中央に向けて怒張を突きまくった。

「あああん、そんなあ、あああん、私、ああ、でも、ああ、我慢出来ないのよう」

変態女というワードを口にしたとき、真由の媚肉がさらに強く喰い絞めてきた。

彼女はこの状況にマゾ的な昂ぶりを覚えているのだ。大貴はそう確信し、揺れる乳房を強く摑んだ。

「主任は変態です。変態上司をもった部下は大変ですよ」

「あああん、そんなああ、あああああ」

巨乳をわりに強く摑んだというのに、真由はさらに喘ぎを大きくしている。

もうなにをされても快感に代わるほど、熟れた女体は蕩けきっているのだ。

「エッチな主任ですね、ほんとうに」

もうこうなれば大貴も彼女の少し歪んだ性癖に乗っかるだけだ。そしてこのいやらしい肉体をどこまでも追い込むのだ。

そう思いながら大貴は肉棒を強く突き、同時に乳房のほうは逆にソフトに、乳首の周りでぷっくりと膨らんでいる乳輪部を指で揉んだ。

「あ、ああん、あ、あああ、だめ、いやん、そんな触りかた」

先ほど強く摘まんだのとは一転して、乳首には触れないように乳輪だけを刺激している。

いわゆる焦《じ》らし責めだが、真由は取り乱し、机の上に横たわった身体をよじらせている。

「オマ×コを突いてるんですから、充分でしょ」

肉棒のほうは勢いよくピストンを続けている。いま真由は膣奥からの強い快感と、乳首に触れて欲しい焦燥感《しょうそうかん》に混乱しているのだ。

「ああん、だって、だって、ああ、ひどいわ、ああん、大貴くんの意地悪、ああ」

乳首に刺激が欲しいと、真由はずっとタイトスカートが捲れあがった腰を揺らしている。

もう瞳は虚ろになり、唇もなにかを求めるように開きっぱなしだ。

「会社の中でオマ×コ突かれながら、乳首も責めて欲しいなんて、変態にもほどがありますよ」

そんな言葉をかけながら、大貴は肉棒をＭ字に開いた白い太腿の真ん中に向けて突きまくる。

最奥から愛液がさらに溢れ出し、媚肉がまた強く亀頭に吸いついてきた。

「あああん、真由は変態よう、どうしようもない変態女なのう、ああん、乳首もしてええ、ああ、あああああん」

ついに真由は自身のことを変態呼ばわりまでして、すべてのプライドを崩壊させていく。

被虐の性感がさらに昂ぶったのか、喘ぎ声もさらに大きくなり、会社の建物中に甘い絶叫が響き渡った。

「どうしましょうかね」

もう真由は切羽詰まっているが、大貴はそれでも乳首に触れず、一気に肉棒のピストンをあげた。

「ああ、ひあっ、強い、ああ、イッちゃう、真由、イッちゃう」

このままイカされるのかと、真由は目で訴えてくるが、大貴はそのまま亀頭を濡れた膣奥に突き続けた。

「あああっ、イク、イク、もうイクううう」

机の上でM字に開いた白い脚を引き攣らせて、真由は頂点にのぼりつめた。横たわった上半身が大きくのけぞり、はだけたブラウスの間で盛りあがる巨乳が大きく波を打った。

（いまだ……！）

真由が膣で絶頂する瞬間、大貴は揺れる乳房の頂点にあるふたつの突起を指で摘まんで、強く引っ張りあげた。

なぜそうしたのかはわからないが、これがいちばんベストのタイミングに思えたからだ。

「ひ、ひいいいいいいっ」

絶頂する身体の上で、柔らかい乳房が天井に向かって伸びていく。

その瞬間、真由は言葉にならない叫びをあげて、全身をガクガクと震わせ、頭を支点にしてブリッジするようにのけぞった。

「は、はあああああん」

もう意識も定まらない様子の美熟女は、何度も机の上でその身をよじらせる。

下腹もビクビクと痙攣し、極上の快感に溺れている様子だ。そしてその反応は媚肉にも伝わり、大貴の肉棒に強く吸いついてきた。

「ううっ、俺も出るっ！」

最後に一撃奥を突き、大貴は熱い精を放った。真由は避妊薬を飲んでいて、行為をするさいはいつも中で射精している。

蕩けた熟肉に包まれながら、大貴は何度も腰を震わせた。

「はうっ、は、あ、はあんっ」

いまだ尖った乳首は引っ張ったままで、真由は呼吸を詰まらせながら、机の上で身悶えを続けている。

「す、すごいです、真由さんっ！　うっ、ううっ」

そのあまりの反応に驚きながら、大貴もさらに興奮し、何度も精を放った。

「あ、ああ……あ……」

しばらく強烈な引き攣りをみせた美熟女は、やがて脱力して机に両腕を投げ出した。

その瞳は虚ろで、唇は開いたままピンクの舌をのぞかせていた。

（やり過ぎたかな……それにしてもすごい反応……）

焦《じ》らされた乳首を絶頂と同時に摘まみあげられる。大貴は女ではないからその感覚まではわからないが、真由はかなりの快感に溺れていたようだ。

現にいまも息を荒くしながら、事務所の天井をぼんやりと見あげている。

「あああ、すごかったわ……私、おっぱいが壊れるかと思っちゃった」

少し心配になって彼女を覗き込むと、目線があった。真由は荒い呼吸を繰り返しながら、うっとりとした顔を見せる。

その微笑みがなんとも淫らで、大貴はただ見とれてしまうのだった。

第五章　可憐な人妻と一つ寝袋で

土曜日の今日はやけに天気がよく、この町にしては暖かいほうらしい。らしいと思ったのは、東京から来た大貴にとってはこれでもかなり寒い。今日は風がないので少しはましだという程度だ。

（香菜子さん……）

引っ越し先もまだ見つからず、大貴は香菜子の隣に住んでいる。あれから彼女の夫の姿は見ていない。

香菜子と朝に顔を合わせたりするが、よそよそしく挨拶をするのみだ。

（これでいいんだよ……）

不倫はやはりまずい。そんなことを思いながら、上司の真由と肉体関係を続けているのだが、彼女とは東京に戻るまでの間という割り切りがまだある。

それもまた言い訳のようにも思うのだが、やはり香菜子はそうはいかないと大貴は思うのだ。

「寒っ」

借家の玄関を出ると、昼間でもやっぱり寒い。それでも今日は道路が凍結している心配がないので、自転車で買い出しに向かうことにした。

男の独り暮らしとはいえ、いろいろといるものもあるので、いい天気の日に買っておこうとリュックを背負い、いちばん近いショッピングモールに向かう。

(厚着は俺だけか……)

ショッピングモールに入ると、セーターにダウンの上着、マフラーという厚着は大貴だけで、けっこう目立ってしまっていた。

地元の人間とおぼしき人々は、セーターくらいだ。車で来ているにしても薄着に思える。やはりこの地方の人は寒さに強いのか。

そういえば真由が、地元の人のまねをしたら、冷えて体調を崩すと言っていた。

「うわっ」

買い物を終えてリュックに詰め、それを背負おうとしたとき、うしろをちゃんと見ていなかったせいでなにかにぶつかった。

「きゃっ」

背後から女性の声が聞こえて来て、大貴は慌てて振り返る。

「すいません……あれ？　東食堂《あずま》さんの……」

うしろでは大荷物を両手に持った小柄な女性がよろけていた。慌てて謝ろうとすると、顔に見覚えがあった。

「あら、お隣の社員さん」

大貴が勤務する支社の隣には、この町で古くから続いている食堂がある。二代目という夫婦ふたりで切り盛りしているお店で、女性はそこの奥さんだった。

「いつもお世話になってます」

大貴たちもその食堂には、よくお昼を食べに行っているだけでなく、自社の干物などを卸《おろ》している。

通常は問屋を通さず個人商店に卸すことはしないのだが、お隣さんということで商品を納入していた。

「いいえ、こちらこそ。ごめんなさいね、ぶつかっちゃって」

奥さんは名前を東條《とうじょう》綾音《あやね》といい、三十歳だそうだ。色白で幼げな顔立ちの美人で、いまでも大学生だといっても通用しそうな容貌をしている。

その容姿のおかげか、綾音は以前から、大貴の支社も含めた近所の会社のおじさん連中のアイドル的存在らしい。大貴が彼女の年齢まで知っているのも、先輩社員に教えられたからだった。

（まあたしかに美少女顔だな……人妻には見えない）

綾音は性格も明るくて人懐っこく、いつもニコニコと笑っているので、そこも親父たちの心をくすぐっているようだ。

ご主人は逆に体格がよくて寡黙《かもく》なタイプで、どうやって知り合って結婚したのか謎だと先輩が言っていた。

「ん、どうかした？」

黙って見つめる大貴のことを綾音が不思議そうに見つめてきた。二重の大きな瞳をしていて、黒目が透き通っている。

先輩と一緒にご飯を食べに行ったときに、東京から転勤してきたと紹介されると、この町で困ったことがあったらいつでも相談してねと、優しく言ってくれた。

「い、いえ、なんでも。すごい荷物ですね」

また人の妻に変な気持ちを抱きそうになっている自分に、大貴ははっとなった。

これ以上、既婚者を相手になにをしようというのか。そう思いながら大貴は顔をあげ、綾音が手に持っている大きな袋を見た。

「今日は夫が用事で遠くに行っていてね、私ひとりで買い出しなのよ」

小柄な彼女の両手には、大きな袋がそれぞれふたつ、合計でよっつもぶら下がっていた。

セーターにパンツだけの小さな身体に対して、あまりに大きいように見えた。

「もう重たくて、重たくて」

綾音はそう言うと、ちらりと上目遣いで大貴を見つめてきた。

「持ちましょうか？　俺、両手空いてますし」

「ごめんね、気を遣わせて」

なんだか要求されたような気もするが、まあいつもお世話になっているお店の人でもあるから、荷物持ちくらいは当然だ。

綾音は人懐っこいというか、人妻にしてはどこか隙があるように思える。

（いかんて……）

また他人の奥さんを女として意識している。それを否定しつつも大貴の目は綾音の小柄な身体のほうを向いてしまう。

セーターにパンツという地味目の格好だが、意外なほど胸の突き出しが大きい。

「駐車場まででいいからね」

車で来ているからと、綾音はショッピングモールの通路を歩きだした。

彼女のうしろからついていくと、パンツに包まれたお尻がよじれる様子が見える。

こちらもけっこう豊満でプリプリとした質感が悩ましい。

(殺されるぞ俺……あの旦那さんに)

いつも食堂の厨房で包丁を握っている、綾音の夫の姿が浮かぶ。妻とは対照的に大柄で顔もいかつい。怒らせたらそのまま包丁で刺されそうだ。

「うしろにお願い」

ショッピングモールの上階にある立体駐車場まで歩いて行き、彼女はリモコンを取り出して車のロックを解除した。

「大きな車なんですね」

意外にも車は四輪駆動のＳＵＶ車だった。本格的なタイプで、タイヤもかなり大きい。

「山のほうにも行かないといけないことがあるからね。あっ、そうだ、ええっとごめんなさい、お名前は？」

「森村大貴です」

お店に言ったときに名前を呼び合うわけではないので、綾音が大貴の名を覚えていないのも当然だ。

逆に大貴が彼女の名前を覚えているのは、おじさん社員たちが〝綾音ちゃん〟の話をよく出して話していて、それを耳にするうちに覚えられたのだった。

「大貴くん、今日時間があったら、少しお手伝いをお願いしたいんだけど」

気さくに大貴を下の名前を呼んだ綾音は、両手を顔の前であわせて拝むように頼んできた。

「え、別に休みですから、いいですよ。僕がお役に立てれば」

旦那さんがいないと言っていたから、なにか力仕事でも頼みたいのだろうか。

もちろんだが断る理由はない。特別に卸しているお店とはいえ、取引先のお客様であることにかわりはないからだ。

「ほんとう、ありがとう、よかったら乗って、あっ、大貴くんの車は？」

車で来ているのならいったん家まで戻ってから、この車で行こうと、綾音は明るい感じで言った。

人妻なのに、子供のように無邪気な感じが、なんだか可愛らしい。

「いえ、自転車ですから、あとで取りに来たらいいと思います」

田舎のショッピングモールの自転車置き場はかなり広くて、自転車でくる客も少ないからガラガラだった。

少々気が引けるが、少しくらいの時間なら許してもらえるだろうと、大貴は思った。

「じゃあ帰りはここまで送るわ。さあ乗って」

荷物を積み込んだあと、ＳＵＶ車のバックドアを閉めて、綾音はまた愛らしい笑みを浮かべた。


綾音の運転で向かったのは、さっき話していた山間部のほうだった。

ショッピングモールから二十分ほどしか走っていないのに、道路の両側に雪が積みあがり始め、登っていくごとにそれが増えて、いまは雪の中にある轍《わだち》をタイヤでなぞって走っている感じだ。

「けっこう雪深いんですね」

山のほうの営業先にいったさいも思ったが、海沿いとはまったく積もりかたが違うように思える。

とくに一山越えて次のさらに高い山に登っているここは、完全に雪国だ。

「あと三十分ほど走ったらスキー場もあるよ。ごめんねこんな場所まで」

大型の四駆車を巧みに操りながら、綾音は言った。山奥に向かっている理由は、夫婦が持っている山小屋があるらしい。

　そこに山菜や腐りにくい野菜などを保存してある、と綾音は話してくれた。冬場の山はマイナス気温になるので天然の保存庫になるそうだ。

「いやいや、いい経験ですよ」

　海産物を扱《あつか》う会社に勤める大貴にとって、冷蔵や冷凍は避けて通れない話だ。山小屋を見ることが直接仕事に繋がるとは思えないが、なにごとも経験だ。

「うふふ、ありがとう。もうすぐ着くからね」

　前を向いてハンドルを握ったまま、綾音は笑った。その微笑みが少し淫靡に見えたのは、自分が乱れた生活を送っているせいかもしれないと、大貴は反省した。

　大貴たちの車は、最後は大きな四駆車でないと入れないような、轍《わだち》すらない細い道を進み、山小屋の前までたどり着いた。

　車から降りると、天気はいいのに耳が千切れそうなくらいに寒い。

　慌てて毛糸の帽子を降ろして耳の上を覆った大貴は、綾音に渡されたシャベルで、ドアの前の雪を掘っていく。

（すげえな、やっぱり東京とは違う……）

積もった雪を除かなければ、小屋に入ることすら出来ないのだ。

あらためて自分は寒い国に来たのだと自覚しながら、綾音とふたりがかりで雪を掘り、なんとか山小屋の中に入った。

「すぐに薪《まき》を焚《た》いて暖めるわ」

当然かもしれないが、山小屋の中の温度もかなり低い。十畳ほどの広さの板間の真ん中には囲炉裏《いろり》があり、綾音は馴れた手つきで点火していく。

薪に火が灯《とも》ると、電灯の明かりが弱い山小屋の中が一気に明るくなり、それだけでなにかほっとする感じだった。

「コーヒーを入れるから座ってて」

綾音はヤカンを持ってきて囲炉裏に金属の台を置き、湯を沸かし始めた。

「なんだか、すごく馴れてますね」

山小屋という日常とは違う場所で、テキパキと行動する綾音に大貴は感心した。

「あはは、そうかな、旦那さんと夏や秋にここに泊まって食材集めをしたりするからね、たしかに馴れてるのかも」

着ていたダウンジャケットを脱いで、セーターだけになった綾音は無邪気に笑った。

「私は山のほうの生まれだから、日常生活がアウトドアだったしね」

「そうなんですね、でもすごいですよ」

東京でもアウトドアが流行《はや》っているが、山国の人々にとっては普通の生活の中にそれがあるのだ。

大貴は感心しながら、お湯が沸いて綾音が入れてくれたコーヒーをすすった。

「ああ、美味しい、生き返る」

コーヒーの温かみが冷えた身体に染み渡る。大貴は山小屋の、木の梁《はり》が交差している天井を見あげて声を出した。

「ふふ、ただのインスタントよ」

家からコーヒー豆を持ってきておけばよかったわと言いつつ、綾音はまたこんど、機会あれば淹《い》れてあげると笑った。

「そうですね、それはこんどの楽しみ……」

楽しみに取っておきますと、言いかけて大貴は口をつぐんだ。

無邪気に美少女のような笑顔を見せる綾音だが、立派な人妻なのだ。今日は行きがかり上、ここまで一緒に来たが、本来ならばふたりきりでいることすらおかしいのだ。

「どうしたの？」

「い、いえ、なんでもありません、そろそろ荷物を積まないとと思って」

「あはは、まだ座ったばかりじゃない。でもまあお天気変わっちゃうこともあるしね、先に積んじゃおうかな」

意識すると、どうしても綾音の二重の瞳や、セーターを膨らませる胸が気になってしまう。

さすがにまずいとごまかすように言った大貴に頷き、綾音は小屋の奥にあるもうひとつのドアを開いた。

「こっちが天然の冷蔵庫よ」

ドアの向こうは倉庫になっていて、野菜や山菜が大量に保存してあった。

その中から今日持って帰る分をダンボールに詰めていった。

「うわっ」

靴を履いて外に出るほうのドアを開いたのだが、同時に突風のような風と雪が吹き込んできて、大貴はうしろに倒れそうになった。

「あちゃー、もうお天気が変わっちゃったか」

綾音の言葉に大貴も外を見ると、雪が降っているというよりは横殴りに飛んでいる。

町の雪とは密度が違い、視界がほとんどきかないくらいの、真っ白な光景が広がっていた。

「これは止むまで帰れないかな。夜は危ないし、泊まっていったほうがいいかも」

「えっ」

慌ててドアを閉めていた大貴は、綾音の言葉にびっくりして声をあげた。

「無理して帰ろうとして車が動かなくなったら、遭難になるよ」

たしかにいま見た外の景色は、雪の白い霧が全視界を覆っているような状況で、小屋の近くに停めているはずの綾音の車も見えなかった。

さっきまでお日様が見えていたというのに、山の天気は変わりやすいというが、大貴はつくづく雪国のことを自分は知らないのだと思った。

「ごめんね、巻き込んじゃって、ただここに居る限りは大丈夫だから」

綾音はまた両手を顔の前で合わせて謝っている。彼女は、この小屋には夫と来たときに泊まるための寝袋とかも用意してあるので、宿泊自体に問題はないと言った。

「いえ、まあ、これもなかなか東京にいると出来ない経験ですし」

明日は日曜で休みだから、今日中に戻らなければならないということもない。

突然だったが、冬山に一泊などなかなか出来る経験ではないと、大貴は思うことにした。

「ありがとう。食材はたくさんあるから、晩ご飯は美味しくて、暖まるもの作るね」

にっこりと笑った綾音はいそいそと準備を始めた。

もう完全に日が落ちても、外はかなり強い風が吹いているようだ。

木造の小屋は少し隙間があるのか、火を焚いている囲炉裏のそばにいないと、けっこう寒かった。

携帯の電波は弱いがなんとか届いていて、綾音は夫にメールを入れ、今夜はここに泊まると告げていた。

「美味しかったです、ごちそうさまでした」

ここの倉庫には乾物なども保存されていて、綾音はそれで出汁《だし》を取って鍋を作ってくれた。

山菜などがふんだんに入った鍋は美味で、とくに最後の、レトルトのご飯を使った雑炊は素晴らしかった。

「おそまつ様、全部食べてくれて嬉しいわ」

食堂では調理は夫が、接客を綾音がしている感じだが、彼女の腕前もなかなかのものだった。

「じゃあ、少し早いけど、もう寝ちゃおうか」

綾音はそう言うと、小屋の隅《すみ》のほうに置いてある箱から寝袋を取り出してきた。

「ごめんなさい、いつも夫と私しか泊まらないから、ふたり用の寝袋しかないの」

「えっ」

綾音は板の間の床にアルミシートを敷いて、その上に寝袋を広げた。

えんじ色のダウンの寝袋は、横幅がかなりあり大人の男ふたりが入れそうなサイズだ。

「私と一緒じゃ、いやかな」

綾音は少し上目遣いで大貴を見つめてきた。その子供のような表情が可愛らしい。

「い、いえ、そういうわけじゃなくて、綾音さんは結婚されてますし……」

澄みきった大きな黒目に、大貴はいけないと思いつつもドキドキしてしまう。

囲炉裏で揺れる炎のオレンジの光が、瞳に反射していて、よけいに彼女を美しく見せていた。

「あはは、なに言ってるの。気にしないでいいのそんなこと。非常時なんだから」

一緒の寝袋の入ることをためらう大貴を、綾音はケラケラと笑い飛ばしている。

そしてなぜか自分のセーターに手をかけると、頭から抜き取った。

「えっ、えええええ」

薄いピンク色のブラジャーだけの上半身が露わになった。レースがあしらわれたカップから豊満な白い乳房が盛りあがり、深い谷間を作っている。

その膨らみに思わず目を奪われた大貴だったが、彼女の行動がまったく理解出来ず、目と口を開いて声をあげていた。

「だって服を着たまま寝袋に入ったら汗をかいて、かえって汗冷えしちゃうのよ。だからふたりで添い寝するときは、下着だけになるのがいちばんなの」

登山時は皆、汗冷えしないインナーを着ているからそういう心配はないが、普段着の場合はそうはいかない、山の朝方はかなり冷えるからと言いながら、綾音はパンツも脱いでパンティだけになった。

「そういうものなんですか……」

自分は山のことは素人《しろうと》で、綾音に頼るしかない。大貴の少ない知識でも冬山で身体が冷えるのは危ないということくらいはわかる。

「お、俺も脱ぎます」

プリプリとした感じのヒップにピンクのパンティが食い込んでいる。それについつい目が吸い寄せられるのを堪《こら》え、懸命に目を逸《そ》らしながら、大貴は服を脱いでトランクス一枚になった。

「じゃあ一緒に入って」

「はい」

先に寝袋に入って、綾音はこちらを向いた。そして身体が暖まるからと小さなウイスキーの瓶を取り出した。

おちょこのような小さな器に入ったウイスキーをふたりで飲み干す。

「くっついてもいいやじゃない？」

並んで寝袋に入ると、どうしても身体が密着する。別に向かい合わせで寝ているわけではないが、彼女の腕や太腿が触れていた。

「は、はい、綾音さんが気にしなければ俺は」

彼女の肌は艶やかな感触で、体温を感じると大貴はよけいに緊張してきた。

小柄なわりにグラマラスな彼女は、腰回りや太腿がやけにムチムチとしていて柔らかい。

（意識しちゃだめだ……）

大貴はなるべく綾音のほうを見ないように、山小屋の天井を見あげていた。

外はまだ風の音が強く、囲炉裏ではパチパチと薪が燃える音がしている。それ以外の音はまったく聞こえず、大貴は異世界に迷い込んだような気持ちになった。

「眠れそう？」

耳元で綾音が囁いてきた。吐息が耳にあたってドキリとしてしまう。

「いや、まあ、まだ時間も早いので」

ちらりと綾音を見ると、彼女は身体を大貴のほうに向けて横寝になっている。

ウイスキーを飲んだせいだろうか、白い肌がピンクに上気していて艶《なま》めかしい。

「もう少しくっつくね、寒いから」

綾音はそこからさらに身体を密着させてくる。ブラジャーのレースが腕に触れる感触があり、そのあと柔らかいものが押しつけられた。

（うわ……）

向こうは大貴を男として意識していないから、こんなにも大胆なのだろうか。ただ大貴のほうは心臓の鼓動が速くなってたまらない。

ウイスキーの味の残る喉が少しヒリヒリとして、何度も唾を飲み込んだ。

「ねえ大貴くんって、彼女いるの？」

仰向けの大貴に横寝の身体をさらに押しつけながら、綾音は囁いてきた。

「い、いえ、いませんです、はい」

もう混乱して返事もおかしな言葉になってしまう。いつの間にか彼女は太腿も大貴の脚の上に乗せてきていた。

もちろんだが香菜子や真由のことなど話せるはずがない。とくに真由はたまに東食堂にお昼を食べに行ったりしているからだ。

「そうなの。じゃあひとりなんだ」

綾音の声もやけに色っぽくなっている気がする。乳房もさらに押しつけられ、彼女の身体全体が密着している感覚だ。

(だめだ、欲情しちゃ)

綾音は人妻なのだ。彼女の夫のいかつい顔を思い浮かべながら、大貴は懸命に昂ぶりそうになる自分を押さえ込んでいた。

「うふふ、可愛いわね大貴くんって」

見た目は美少女っぽいが、綾音は大貴よりも年上の人妻だ。ねっとりとした口調で囁きながら、綾音は生脚を大貴の腰の上まで乗せてきた。

「うっ、うう、だめです」

仰向けの大貴に綾音が寄り添う体勢のため、彼女が脚を乗せると、ちょうど膝が股間の辺りになる。

トランクス越しとはいえ、人妻の脚が肉棒を擦り、大貴はこもった声をあげた。

「あら、固くなってきてるね、うふふ」

若い大貴の反応を楽しむように、綾音は膝をそこに擦りつけてきた。甘い快感が肉棒に走り一気に硬化していく。

「あ、あの綾音さん、どういうつもりですか？」

鈍い大貴もさすがにここまできたら、綾音の態度がおかしいと気がつく。

香菜子とも最初は、寒いからと添い寝した形からしてしまったが、あのときとは明らかに違う。

綾音は完全に自分で淫らな方向にもっていこうと、行動しているように思えた。

「ふふふ、だって男と女がこうして一緒に寝て、変な気にならないのがおかしいわ」

そんな綾音の声を聞いて、大貴はようやく彼女のほうに目を向けた。

大きな二重の瞳はなんだか妖しく、頬がピンクに上気しているのもウイスキーのせいだけではないような気がした。

「いや、だって綾音さんには旦那さんが」

これが綾音が独身というのなら、別に大貴も独身なのだからかまわないだろう。

ただ彼女には夫がいるのだ。なのにこの発言は問題だ
「そうね、普通ならだめよね。でもうちの夫婦ってね、ちょっと普通じゃないのよ」

大貴の言葉を聞いて、綾音は意味ありげに笑うと、寝袋のそばに置いてあった自分のスマホを手に取った。

「ほら、これを見て」

画面には下着姿の男女四人が、ベッドに並んで座っている写真が表示されていた。

そのうちのふたりは見覚えがないが、あとのふたりは、綾音と夫だった。

「こ、これは」

綾音はずいぶんと扇情的に見える黒の下着、夫のほうも大柄な身体に身につけているのは、ビキニパンツだけだ。

大貴が声をあげて驚いたのは、それだけではない、綾音が腕を抱いて寄り添っているのはもうひとりのほうの男だし、夫もまた別の下着姿の女性の腰を抱いていた。

夫婦ふたりともに、別の相手と寄り添いながら笑顔で写真に収まっていた。

「うちはね、セックスはフリーで好きに楽しもうっていう夫婦なの。これはスワッピングパーティに参加したときの写真ね」

「スッ、スワッピング」

それが夫婦交換を指すというのは大貴も知っている。ただ知識としてあるだけで、ほんとうにしている人と会ったのは初めてだ。

しかもこんな幼げな顔をした若妻の綾音が、夫の許可の元、他の男に抱かれて快感を貪っているとは信じられなかった。

「ふふ、だからいいのよ、私は」

寝袋の中でもぞもぞと動きだした綾音は、手を大貴の股間に伸ばしてきた。

「そんな、うっ、くううう」

たしかに夫婦がそういうルールでセックスを楽しんでいるのなら、他人の大貴がとやかく言うことではない。

ただまだ信じられない気持ちもあり、はいそうですかとは言えない。

「あら、もうカチカチじゃない、えっ」

混乱している大貴の気持ちとは逆に、股間の愚息は若妻の色香に見事に反応して硬化していた。

それをトランクスの上からまさぐった綾音が、急に驚いた顔をして寝袋のファスナーを開いた。

「うそっ、なにこれ」

ファスナーと一緒に瞳も大きく見開いた綾音は、ピンクの下着だけの身体を起こして大貴のトランクスに手をかけた。

「わっ、ちょっと綾音さん」

驚く大貴を尻目に、綾音は一気にトランクスを引き下ろした。

それと同時に、仰向けになった大貴の股間で、固くなった逸物がバネでもついているかのように勢いよく勃ちあがった。

「すごーい、大貴くんって、こんなに大きいのをもってたんだ」

大きな目を白黒させながら、綾音は白い指を肉竿に絡めてきた。その口元は口角が淫靡にあがっている。

「だめですって、綾音さん、うっ、くうう」

いまだ混乱中の大貴はそう訴えるが、彼女の指の動きが絶妙で、思わず変な声を漏らしてしまう。

白く艶やかな指が優しく這い回り、亀頭の裏筋やエラを巧みに擦っていった。

「はうっ、ほんとに、ああ、ううう」

セックスをフリーで楽しんでいると言うだけあって、綾音の指使いはまさに男のツボを心得ている。

喘ぐ大貴を楽しそうにチラ見しながら、綾音は小さめの唇から舌を出すと、天を突いている怒張の先端をチロチロと舐め始めた。

濡れた舌が尿道口の辺りを軽く触れる程度に舐めている。その微妙な刺激がまたたまらない。

「うう、綾音さん、うっ、それ、くううう」

なんとも心地のいい痺れに、大貴は無意識に腰をくねらせてしまう。

白い歯を食いしばり、ずっとこもった声をあげていた。

「ふふ、可愛い大貴くん、んんん」

悶える若い男を見ながら、三十歳の人妻は矛先を変えて、肉棒の裏側の筋を舐め始めた。

(なんだか可愛い顔なのが、逆にエロい……)

可愛いというのは、どう見ても綾音のほうだ。大きな瞳に張りの強い頬、へたをしたら高校生にも見えそうだ。

ただそんな彼女が淫靡な笑みを浮かべながら、肉棒を舐めている姿はなんともいやらしい感じがした。

「うう、そこは、ううううう」

綾音はどんどん舐める範囲を広げていき、亀頭のエラや竿の裏まで舌を這わせる。

もう大貴は腰を何度も引き攣らせている。唾液に濡れた肉棒もビクビクと脈打っていた。

「ふふ、大貴くんはじっとしてていいからね」

いったん顔をあげて、綾音は背中に手を回した。ブラジャーのホックが外れ、豊かな乳房がこぼれ落ちる。

丸みがあって張りの強そうな乳房が、鎖骨のすぐ下から盛りあがっている。

胸もまた二十歳代前半の女性並みの美しさで、乳頭部も薄いピンク色をしていた。

「これでもFカップあるのよ。気持ちよくなってね」

綾音は開いた寝袋の上に仰向けの大貴の足元にいくと、両手でその美しいFカップを持ちあげ、肉棒を挟み込んできた。

艶やかな白い肌が亀頭や竿を挟み、ゆっくりと上下動を始めた。

「ううっ、これ、ううう」

小柄な身体にはアンバランスに膨らんだ巨乳が、肉棒を優しく包み込んでしごきあげていく。

一瞬で脚の先まで痺れていき、大貴は快感に溺れていく。

（うう、もうどうにも逆らえない……うう）

また人の奥さんと関係をもってしまうことに抵抗《ていこう》はあるが、美少女のような年上女の甘いパイズリに思考が奪われていく。

この快感に逆らうことなど無理だと、大貴はただ溺れていった。

「ふふ、おチ×チンがビクビクしてるわ、白いのも出てるし」

バストを大きく上下させながら、綾音は妖しく微笑む。そして亀頭から溢れてきている先走りの白濁液《はくだくえき》を舌先で舐め始めた。

「はうっ、それだめです、ううう、はうっ」

巨乳の谷間から亀頭が顔を出したタイミングで、綾音は先端を舐めてくる。

パイズリと舌の攻撃で、亀頭は絶え間なく刺激を受けていて、大貴は頭がおかしくなりそうだった。

「ふふ、感じやすいのね」

大貴が呻《うめ》き声を大きくすると、綾音はますます上機嫌になって、巨乳を揺らし、舌先で尿道口を刺激してくる。

(責め好きなのかな……綾音さんは……)

香菜子や真由は、大貴の巨根で翻弄《ほんろう》されて歓喜していたように思える。

逆に綾音は男を感じさせて、喘ぎ顔を見て興奮しているように感じるのだ。その証拠に彼女の瞳はどんどん妖しくなっていく。

「ああ、もっと感じて……大貴くん」

その予想は当たっているようで、綾音は大きな瞳の目尻を下げながら、うっとりとした声を出し、乳房から手を離した。

そしてこんどは、大貴の顔にお尻を向ける形で覆いかぶさってきた。

「ああ、ほんとうに大きくて逞しい……」

シックスナインの体勢になり、綾音はいよいよとばかりに、その薄めの唇を大きく割り開く。

そしてねっとりと包み込むように、亀頭を飲み込んでいった。

「うう、くう、これ、うう、いいです、うう」

飲み込みながら、綾音は舌や頬の裏側を擦りつけてくる。さらには大貴の巨根にも怯《ひる》むことなく奥まで飲み込んで、頭を振りたててきた。

「んんんん、んんん、んんんん」

覆いかぶさった小柄な若妻は、黒髪を揺らして激しくしゃぶりあげる。

ヌチャヌチャと粘っこい音を立てながら、口内の粘膜をすべて使っての激しいフェラチオだ。

「ああ、綾音さん、俺も」

目の前にある綾音の豊満なお尻。よく見るとピンクのパンティの腰のところは紐で結ばれている。

肉棒を痺れさせる快感に溺れながら、大貴は両側の結び目をほどいた。

「んんん、んく、んんんんん」

一枚の布となったパンティを引き抜くと、やけに薄い陰毛とピンクの秘裂が現れた。

ビラも小さめで、顔の見た目と同じく少女のようだ。ただ肉唇は少し開いていて、愛液で濡れていた。

「俺も……んん」

股間が晒されても、綾音は夢中でフェラチオを続けている。そんな彼女のヒクついている牝の突起に大貴も舌を這わせた。

「んん、んく、んんんん」

綾音は少しだけ腰をよじらせているが、ひたすらに肉棒をしゃぶっている。

愛おしそうに舌を絡めながら、うっとりと頭を振りたててくる。

「うう、綾音さん、んんんん、んんんん」

大貴のほうも快感に腰をよじらせながら、クリトリスをしゃぶり、指で媚肉の中を掻き回した。

（狭い……）

指を二本束ねて膣口に押し込むと、外側の見た目とは裏腹に肉厚で熟した感じのする媚肉が強く締めつけてきた。

この中に自分の肉棒を入れたら、どれだけの快感に包まれるのだろうか。大貴は一気に興奮を深め、指を激しくピストンした。

「んんん、んんく、んんん、ぷは、だめ、大貴くん、激しい、あああん」

クリトリスを舐めながら、膣内を指責めすると、さすがに綾音もたまらないという風に肉棒を吐き出して喘いだ。

初めて聞く綾音の喘ぎ声は、甲高くて可愛らしかった。

「もうドロドロですよ、綾音さんの中」

ねっとりとした愛液にまみれながら、グイグイと締めあげてくる綾音の中を、大貴の指が高速で前後する。

ヌチャヌチャと粘っこい音があがり、いつの間にか風がやんで静かになっている山小屋の中に響き渡った。

「あっ、ああん、大貴くん、あ、ああん、だめ」

彼女の喘ぎ声を初めて聞いて、大貴はさらに調子に乗り、指の先で膣内を掻き回すように動かす。

そうしたあと、最奥にズンズンと指を突き立ててみたりと、緩急《かんきゅう》をつけて濡れた女肉を責め続けた。

「ああ、はあああん、ああっ、だめえ、あ、ああ、いいわ、ああ」

もうしゃぶるのも辛くなったのか、綾音は大貴の上で背中を何度ものけぞらせながら、こちらも乳房に負けないくらいに豊満なヒップをくねらせている。

大きく割れた白い尻たぶの間で、セピア色のアナルがうごめいているのが、またいやらしかった。

「ああ、うまいのね大貴くん、たくさん経験を積んでるのかな」

顔だけをうしろに向けて、綾音はうっとりとした顔で大貴を見つめてきた。

その蕩けた瞳が色っぽいが、香菜子と綾音のことを聞かれた気がして、大貴は言葉に詰まってしまった。

「うふふ、もう大貴くんのおチ×チンもらっていい？」

そんな大貴の気持ちを察したかのように、綾音は意味ありげに笑い、それ以上はなにも聞いてこなかった。

そして綾音はゆっくりを身体を起こすと、大貴の仰向けの身体の真ん中で天井を向いている肉棒に跨がってきた。

「ほんとうに大きいわ、ああ、すごい、あっ、これ」

血管を浮かべて反り返る巨根に怯む様子もなく、綾音はがに股に脚を開いて、小柄な身体を沈めてきた。

左右に割れた太腿の真ん中で、ぱっくりと開いて粘液にまみれている膣口に、赤黒い亀頭が吸い込まれていく。

「くうう、綾音さん、うう、きつい」

亀頭の先端部が彼女の中に入った瞬間、大貴の口から漏れたのは、その言葉だった。

彼女の媚肉はグイグイと亀頭を喰い締めていて、さらには奥に向かって吸い込むような動きまで見せていた。

「ああ、大貴くんのも、あああん、固くて、ああ、大きいわ、あん、すごい」

媚肉の強烈さとは裏腹に、小柄な彼女の身体の中に巨大な逸物が入っていくのは、少々痛々しくも見える。

ただ本人は淫らによがりながら、どんどん身体を下ろしてきた。

「あっ、あああ、いい、あああん、深い、あっ、ああっ」

そして肉棒が完全に彼女の中に消え、股間どうしが密着すると、綾音は一気に顔を崩してよがり声を響かせた。

Ｆカップだと言っていた巨乳が、ピンクの乳首とともにブルンと弾んだ。

「うう、綾音さんの奥、うう、締めつけが、うう」

綾音の膣奥はかなり狭くなっていて、媚肉の締めつけもさらに強くなってくる。

大量の愛液が摩擦を奪ってくれていたからなんとか耐えられたが、そうでなければ入れただけで射精していたかもしれなかった。

（これ、綾音さんとした人はみんな味わったのか……）

よく暴発せずに耐えられるなと、大貴は変なことに感心していた。

だが綾音の本番はここからだった。

「あ、ああん、大貴くん、ああ、いいわ、あああん、私の中、いっぱいになってるわ、ああん、ああ」

綾音は腰を巧みに動かし、身体全体を使って肉棒を貪ってきた。

むっちりとしたヒップが前後に動き、亀頭部が膣奥に強く擦りつけられる。

「くう、綾音さん、うう、それだめ、うう、あう」

強烈な締めつけを見せる媚肉が、亀頭を前後に強く擦ってきている。強烈な快感が全身を突き抜けていく。

大貴は仰向けの身体を震わせながら、口を割って間抜けな声をあげていた。

「ああああん、ああ、いいのよ大貴くん、ああ、好きなときに出して、私、ああ、あとから飲んでも妊娠しないお薬持ってるから」

息を弾ませながら、綾音はさらに腰の動きを速くする。亀頭の先端がざらついた膣奥の肉にこれでもかと擦れた。

「うう、はい、うう、くううう」

もう大貴は喘ぎっぱなしだ。いつもは自分から動くほうが圧倒的に多いのだが、今日はただひたすらに身を任せている。

女性に責められて感じさせられるのは、奇妙な感覚だが心地よかった。

「ああん、ああ、いいわっ、ああ、ああ、ああ、たまらない」

綾音はさらに瞳を蕩けさせながら、その小柄な身体を上下に大きく揺すりだした。

こんどは縦ピストンとなり、締まりの強い媚肉が肉棒をしごきあげる。

「くうう、綾音さん、うううう」

愛液に濡れた女肉が怒張の根元から先端まで密着したまま、激しくピストンされる。

若妻の貪るような動きに翻弄されながら、大貴は腰をずっとくねらせていた。

(なんてエロいんだ)

瞳を妖しく輝かせた綾音は、口元に笑みさえ浮かべながら、小さな身体を躍動させている。

小屋の中の電灯は切られていて、灯りは囲炉裏の中で燃えている薪の火だけだ。

オレンジの光の中に浮かんだ女体が自分の腰の上で躍動し、張りの強い巨乳が弾んでいる。

妖しく、そして淫らな若妻を見あげながら、大貴は快感に飲み込まれていった。

「ううっ、もう無理、うう、我慢出来ません！　くうっ」

仰向けの身体を何度もよじらせながら、大貴は限界を叫んでいた。

肉棒は完全に痺れきっていて、竿の根元が強く締めつけられた。

「あああ、来て、ああああん、私も一緒に、ああ、あああ、イクぅううっ」

大貴の最後の瞬間に合わせて、綾音も背中をのけぞらせた。ただ腰や身体の動きは止めておらず、蕩けた媚肉が強く肉棒をしごいてきた。

「あああ、イク、綾音、イッちゃう！」

全身をビクビクと痙攣させながら、綾音は頂点にのぼりつめた。

瞳を虚ろにしたまま唇を大きく割り開き、酔いしれた声を山小屋に響かせた。

「俺も、くう、イキます、うっ！」

少し遅れて大貴も声をあげ、肉棒を脈打たせる。ドロリとした粘液が彼女の膣奥に向かって飛び出していった。

「ああ、来てるわ、あああんっ、大貴くんの精液、あああん、たくさんちょうだい」

綾音はそんな歓喜の言葉をあげながら、絶頂に震える身体を動かし始めた。

大貴の腰の上で、熟れた桃尻や太腿がクネクネと前後に揺れ続ける。

「くうう、綾音さん、うう、それだめです、くうう」

射精している肉棒を、締まりのきつい膣肉が前後にしごいてくる。

こんな感覚は初めてで、肉棒を擦られるたびに、むず痒さをともなった新たな快感がわきあがる。

「あああん、だって、ああ、イッてるときに出されるの気持ちいいの、あああん」

どこまでも貪欲な若妻は、止まらないとばかりに腰を大きく動かしてくる。

小柄な白い身体全体がうねり、美しい巨乳も波打っていた。

「はうっ、綾音さん、あうっ、くうう、ううう」

翻弄されるがままに、大貴は何度も射精を続ける。出しているというよりは、絞られているような感覚だ。

ただ苦しさの中にも痺れるような快感があり、肉棒も信じられないほど脈動して精を吐き出していた。

「うう、はうっ、ああ……」

ようやく射精が終わり、大貴は呼吸を取り戻した。目を開くと綾音も息を切らせているが口元には笑みが浮かんでいた。

(すごい……なんて淫らなセックスなんだ……)

いまだ大貴の腰に乗ったままの綾音を、朱色の灯りが照らしている。

乱れた髪も、うっとりとした瞳も、乳首が尖りきった乳房も、綾音の全身が壮絶な色香をまとっているように、大貴には見えた。

「あら、おチ×チン、ビクンてしたわよ、大貴くん」

男の気持ちの昂ぶりが肉棒にもあらわれたのか、根元の辺りが脈動していた。

それに敏感に気がついた淫らな美女は、腰をゆっくりと動かし始めた。

「ふふ、まだ勃ってるじゃない、タフなのね、大貴くんは……」

確かにそうだった。大貴も余韻に浸るあまり意識していなかったが、あれだけ射精したというのに、肉棒はいまだに鎮まっていなかった。

固さも持続している男根を、綾音はうっとりとした顔で、再び騎乗位で跨がる身体を躍動させて貪り始めた。

「はうっ、うう、だめです、あう、くううう」

勃っているとはいえ、射精したばかりの肉棒を、濡れた媚肉で擦られる。尿道の中までむず痒いような、初めての快感に翻弄され、大貴は仰向けのままこもった声をあげ続けた。

「あ、ああん、私も、あああん、ああ、私も、すごくいい」

苦痛半分な感じの大貴に対し、綾音は再び肉欲を燃やして、小柄な身体を上下にも動かしている。

がに股に開いた白い太腿の真ん中で、大きく口を開いてるピンクの媚肉が、野太い怒張を飲み込んだまま、ピストンを繰り返す。

媚肉の締まりはそのままで、亀頭はずっと強く喰い絞められたまま、エラや裏筋を粘膜でしごかれていた。

「うう、綾音さん、うう、あああ、俺も」

それがしばらく続くと、肉棒も完全に復活し、再び甘い快感に包まれていく。

彼女の膣奥の狭い場所を突くたびに、愛液にまみれた女肉がまとわりつく。心も昂ぶり始めた大貴は身体を起こして、がに股の綾音の両脚を抱えあげた。

「きゃっ、大貴くん、ああ、動かなくても、ああ、いいのに、あ、ああ、だめ」

彼女の両膝の裏側を持ちあげ、大貴は挿入したまま立ちあがった。綾音はとっさに大貴の首にしがみつき、体位が駅弁に変わった。

「あ、ああああん、ああ、ああん、奥、あああ」

小柄な綾音の身体を空中で大きく揺すって、怒張をピストンする。

たわわなバストが弾み、陰毛の薄い股間が大貴の腰にぶつかって音を立てていた。

「エッチです、綾音さん」

アクロバティックな体位で交わるふたりを、たき火の明かりが照らしている。

オレンジ色に染まった綾音の顔は、快感に大きく歪んでいて、もう幼げな雰囲気もない。

「あああん、ああ、いい、いいわあ、あああ、奥がいいよう、ああん」

若妻は頭を何度もうしろに落としながら、大貴の逸物に身を任せている。

瞳はさっき以上に蕩けていて、ずっと虚ろに宙をさまよっている。すべてを捨てたように溺れる綾音をもっと追いつめたいと、大貴は彼女の身体を降ろしていく。

「ああ、大貴くん、あ……」

肉棒は引き抜かず、大貴は膝を折って開いている寝袋の上にしゃがんだ。

綾音のほうは、下半身をしゃがむ大貴の太腿の上に乗せたまま、頭だけを寝袋の上に置いている。

小柄な彼女の身体は自然と、ブリッジをした体勢となった。

「このままいきますよ」

支えるために彼女の腰に両腕を回した大貴は、挿入したままの肉棒を激しくピストンしていく。

「ひいいいい、はあああん、こんな格好、ああん、初めてえ、あああん、ああ」

大貴もとっさにこの体位をとっただけで、以前に経験があるわけではない。綾音も同じようで、目を白黒させながら喘いでいる。

大きく脚を広げてブリッジをし、股間をしゃがんだ男の肉棒に押しつけている体位の若妻は、声を張りあげてよがり泣いている。

「ああああん、ああ、いつもと違うところに、あああん、あああ、気持ちいい、ああ」

この変則的な体位だと、大貴の亀頭部が綾音の膣奥の上側に、強く押しつけられたままピストンされる。

経験豊富な彼女もそれは初めての感覚なのか、さらなるよがり泣きを見せていた。

「俺も、くう、すごく気持ちいいです」

もちろんこんなのは大貴も始めてだ。ただでさえ締まりの強い綾音の媚肉はたまらないのに、膣奥の天井側の少しざらついた部分が強く亀頭に擦られる。

さっき射精後にしごかれるむず痒さに苦悶したのが嘘のように、大貴の怒張は快感に脈打っていた。

「あああん、ああ、大貴くん、ああ、いい、これ、ああ、たまんない、ああ」

ブリッジした小柄な身体の上半身で、鎖骨のほうに寄っている巨乳がブルブルと波を打って揺れている。

綾音は頭だけを床につけたまま、のけぞった上半身をよじらせて喘いでいた。

「あああん、ああ、大貴くん、ああ、イッちゃうわ、このままイッていい？　ああん」

大きく唇を割り開いた若妻は、激しい呼吸を繰り返しながら大貴に訴えてきた。

こちらも反っている腹部が、彼女の限界を示すようにヒクヒクと震えていた。

「イッてください、おおおっ、俺もまた出ます」

大貴自身も信じられないが、絡みつく媚肉に怒張は二回目の絶頂に向かっていた。

彼女の細い腰を引き寄せながら、大貴はその肉棒を、激しく膣の天井に向けて突き立てた。

「ひいいん、ああ、すごいい、ああっ、イク、ああ、綾音、イッちゃううう」

ブリッジをしたまま綾音は白い身体をよじらせている。頭を支点にして小柄なボディが横に動き、巨乳もそれにつられて波打った。

「あああ、イク、イクううううう！」

両脚で大貴の腰を締めあげながら、綾音は反り返った白い身体を痙攣させた。

弓なりのまま、寝袋に頭を擦りつけるようにして、絶頂の痙攣を繰り返す。

「うう、俺も出ます、ううっ、くうう！」

綾音の腰も横に動き、媚肉が亀頭に強く擦られた。その快感に限界を迎えた肉棒は、また熱い精を彼女の奥に向かって放った。

「ああん、大貴くん、ああ、突き続けてえ、ああん、ああ」

エクスタシーに悶えながら、綾音はさらに求めてきた。若妻は大きな瞳を泳がせながら、腰を突き出すような動きさえ見せた。

「ううう、はい、ううう、くううう」

どこまでも貪欲な綾音に応え、大貴は腰を激しく揺すって肉棒を突き続ける。

「あああん、いい、ああ、綾音の全部、ああん、大貴くんのおチ×チンにもっていかれてるよう、あああん」

「うう、まだ出ます、くううっ」

ふたりはともに、快感にすべてを蕩かしながら、山小屋に淫らな声を響かせ続けた。

第六章　人妻大家との契り

翌日の朝になると、雪は嘘のようにやんでいて、山の空は晴れ渡っていた。

車の周りをシャベルで掘って除雪するところから始めなければならなかったが、なんとか大貴と綾音は無事に町まで帰ってこられた。

(それにしても、この人も、昼間の姿からは信じられないよな)

それから数日後、大貴は先輩社員に一緒にお昼に行こうと誘われ、東食堂に来ていた。

お昼休みのいまは混雑していて、綾音も忙しそうに走り回っている。デニムのパンツにトレーナー姿の彼女は、可愛らしい奥さんにしか見えない。

「はい、お待たせしました。アジフライ定食です」

綾音がいつものように元気な声で、注文の品を大貴の前に置いた。そして一瞬だけ大貴のほうを見て、意味ありげな微笑みを浮かべた。

（勘弁して……お願いですから……）

この間の一夜のあと、綾音はお店のお客様とこんな関係になったのは初めてだと言っていた。

もしバレたりしたら、ここにいる綾音のファンに、吊し上げにあわされるかもしれないのだ。

幸い先輩はスマホを見ているから気がついていなかったが、あまり変な素振りは勘弁して欲しかった。

「三番テーブルさん、海老フライ定食とお刺身定食です」

ヒヤヒヤしている大貴に対し、綾音のほうは元気いっぱいで、厨房の中の夫に注文を告げている。

そんな彼女のデニム生地がはち切れそうなヒップに、何人かの親父客が目を向けていた。

「あいよー」

厨房の中からは夫の勢いのいい返事が返ってきた。彼はほとんど接客はせず、黙々と料理を作り続けている。

そんな夫を大貴がじっと見ていると、目が合ってしまった。

夫は少し笑うと、どうもと言った感じで微笑み、軽く頭を下げた。

（ひえええええ）

妻がお世話になりましたという挨拶だろうか。ただ夫の手には包丁が握られている。

笑顔でサクッと刺されそうで、大貴は震えあがった。

「食べないのか？」

そんな気持ちでいると、テーブルの向かいに座った先輩が言ってきた。

「た、食べますです、はい」

大貴は慌てておかしな日本語で返事をしながら箸を握る。そんな後輩を見て、先輩社員は変な奴だと笑いだした。


東食堂のアジフライはかなり美味しいのだが、正直、味など覚えていない。

「もうしばらく行くのはやめようかな……」

いくら自由にセックスをしている夫婦とはいえ、あのガタイも大きくて顔も怖い旦那さんの前で、とてもゆっくり食事をする気持ちにはなれなかった。

ただ歩いて行ける外食はあそこしかないので、あとはコンビニで買っていくくらいしかないし、先輩に誘われたら断りづらい。

「ああ、もう、俺の馬鹿」

結局、自分のだらしなさが招いた結果なのだ。ヒーターで暖まった自宅の居間でもんどりを打ちながら大貴は頭を抱えていた。

そのとき玄関の呼び鈴が鳴った。

「はい、誰ですか？」

今日は日曜日。知り合いならスマホに連絡くらいはあっても良さそうだから、セールスかなにかだろうか。

なににしても、カメラ付きのインターホンとかではないので出て応対するしかなく、大貴は玄関のドアを開いた。

「やっほー」

ドアを開けると、そこに立っていたのはダウンジャケットにミニスカート姿の綾音だった。

さすがにタイツは穿いているが、細めの脚のラインを見せつけている若妻は、明るい笑顔を見せた。

「オカズをいくつか作ってきたよ、晩ご飯にでも食べて」

「あ、ありがとうございます」

急にやって来た綾音に驚いている間に、数個のタッパーを手渡され、大貴の両手はいっぱいになった。

「お邪魔しまーす」

両腕が塞がっている大貴の脇を、小柄な身体でくぐり抜け、綾音は勝手に玄関に入っていく。

「えっ、あっ、ちょっと」

大貴が振り返ってうしろを見ると、綾音は不満そうに唇を尖らせている。

「えー、この寒い中、自転車で持ってきたのに……そのまま帰らせるような冷たい男なわけ？　大貴くんは」

「そ……それは」

大きな瞳でじっと見つめながら、綾音は大貴のトレーナーを引っ張ってきた。

こんな素振りをする綾音は、ほんとうに可愛らしい。ただその瞳は妖しく輝いているように思えた。

「とりあえず、おあがりください」

もう仕方なしに大貴は言って、玄関のドアを閉めた。人妻を家に連れ込んでいるのを誰かに見られたりしたらたいへんだ。

とくにお隣の香菜子に見つかったりしたらと思うと、背筋が寒くなった。

（いや、別に香菜子さんだけっていうわけでは……）

なぜか香菜子にだけは見つかりたくないと思っている自分に気がついて、大貴は頭の中で否定した。

香菜子を特別視するのはおかしい。今日はどうかしている、そう思いながら大貴は、人の家なのもかまわずに、奥に入っていった綾音を追った。


台所でコーヒーを入れて居間に戻ってくると、座布団に座っている綾音の横に、黒い布が置かれていた。

「あっ、これ、お部屋の中は暑いから脱いじゃった」

そう言った綾音をよく見ると、タイツを穿いていたはずの両脚が素肌になっている。

黒い布は脱いだタイツを丸めていたのだ。

「そ、そうですか」

ダウンのジャケットを脱いだ綾音の上半身は、白いノースリーブだけで、色白の二の腕が色っぽい。

下もミニスカートから生脚が伸びていて、美少女のような可愛い色気を見せつけていた。

「今日は旦那さんが、Ｂ市のセフレのところに言ってるから退屈でねー」

「ええっ」

いきなりの言葉に驚いて、大貴は座卓の上に置こうとしたコーヒーカップを落としそうになった。

Ｂ市とはここから十キロほど離れた大きめの街だ。彼女の夫はそこでセックスを楽しんでいるようだ。

「あの……いやじゃないんですか、綾音さんは」

綾音が他の男をするのを、あの旦那さんが容認しているというのは、彼の態度を見て、なんとなくわかっている。

大貴が必要以上にビビりな性格だから、旦那さんが豹変《ひょうへん》して刺されるのではと考えているだけだ。

ただ綾音の本音は聞いたことがない。彼女は夫が他の女と寝ても平気なのか、大貴ならやはり穏やかな気持ちではいられないと思うからだ。

「うーん、少しは嫉妬する気持ちはあるよ」

大貴の家の小さな座卓の前に座った綾音は、カップを唇に運びながら言った。

両手でカップを持つ仕草が、幼げな容姿によく似合っていて可愛らしい。

「でもまあ、夜にはちゃんと帰って来るし。どんなことしたのとか、いろいろ聞きながら、私がそれ以上のことをしてあげるのも、ちょっと楽しいかな」

ふふふ、と笑いながら、綾音は笑顔を見せた。前言撤回、カップを持ったまま微笑む若妻はまさに淫女で、少女の面影などすっかり消えている。

「聞きながらって……旦那さん、帰ってきて綾音さんともするってことですか？」

驚きのあまり、大貴は反射的に聞いていた。彼女の夫は三十歳代後半といったところだろうか。

昼と夜と別々の女性を抱くとは、とても信じられなかった。

「当たり前でしょ、妻の求めに応じるのは夫の義務よ。いつもセフレとするよりもっと気持ちいいって言わせちゃうわ」

口角があがり、澄んだ瞳が妖しく輝く。責め好きの本性を現したような綾音の顔に大貴は後ずさりしそうになった。

「そうなんですか、報告をね、あ……」

彼女の大きな瞳を見ていると、吸い込まれてしまいそうで、大貴は下を見ながら自分のカップの中のコーヒーを混ぜた。

回るコーヒーを見たとき、あることに気がついてはっとなった。

「報告ってことは……もしかして俺とのことも」

夫の行為のみ語り合っているのだというのはちょっと考えにくい。ということは、この前の山小屋の一夜の詳細も、旦那さんに伝わっているのか。

「もちろん、大貴くんのがすごく大きくて、頭がおかしくなりそうだって言ったら、旦那さんすごく嫉妬してたわ。でも彼ってちょっと寝取られ性癖があるから、興奮するって喜んでたよ」

あっさりとそれを認めた綾音は、さも当たり前のように言った。

「嘘でしょ……」

もう大貴は頭を抱えた。食堂で会ったときの旦那さんの笑みは、そういう意味もあったのだ。

うちの妻を感じさせてくれたみたいだね。そう言いたかったのだろうか。

「ふふふ、というわけで今日も旦那さんをたっぷりと嫉妬させちゃおうか」

コーヒーカップを座卓に置いた綾音は大貴ににじり寄ると、横座りになって身体を寄せてきた。

自分の腕を大貴の腕に回し、ノースリーブの胸元を膨らませているFカップの巨乳を押しつけていた。

「馬鹿なこと言わないでくださいよ、だめですって」

夫婦の変わった性癖にもう巻き込まれたくない。ただそれ以上に気になることがあった。

(香菜子さんに気づかれたら……)

隣の香菜子の家との距離が近いので、大きな声を出したりしたら聞こえてしまうかもしれない。

彼女は勘違いしていたが、大貴は人の妻とこれ以上身体を重ねるわけにはいかないと、関係を断ったのだ。

「どこ見てるの、あらお隣が気になるの？」

そんなことを考えていた大貴の顔は自然と、香菜子の家のほうを向いていたようだ。

「えっ、いや、そんなことは……はい……」

大家さんに行為の声を聞かれるわけにいかないと、うまく言い訳が出来ればよかったのだが、大貴は焦《あせ》るあまりそんな言葉は出てこない。

声もうわずっていて、完全にしどろもどろだ。

「あら、大貴くん、香菜子さんともなにかあったのかなー」

勘のいい綾音は大貴の態度を見て、すぐに感づいたようだ。意味ありげな笑顔を見せた若妻は、大貴の股間に手を伸ばしてきた。

「いてえええ」

彼女の小さめの手が握ったのは、肉棒のほうではなく、大貴の玉袋だった。

部屋着のいまは下もスウェットのパンツなので、簡単に握られている。

「ねえ、なにがあったのよ、ふふふ」

サディスティックな気《け》もあるのか、綾音は楽しそうに大貴の玉を握っている。

そのやりかたも巧妙で、たまに力を緩めたりしながら、睾丸を責めてきていた。

「な、なにもないです、はうっ」

断続的に握られる痛みに悶絶しながらも、大貴は変な気持ちになっていた。

彼女の握力が緩んださいに、解放感というか、ほっとするような気持ちになっているのだ。

(やばい……このままじゃ俺……)

変な性癖に目覚めてしまいそうだ。そして綾音のほうはそんな大貴の感情も見透かしているかのように、楽しそうに笑いながら玉を弄《もてあそ》んできた。

「言います、言いますから、もう許して」

情けない声を出し、大貴は屈していた。ニヤリと笑いながら綾音は睾丸から手を離し、こんどは肉棒を揉んできた。

「くう、あう、綾音さん」

苦痛のあとは快感が身体を駆け巡る。アメと鞭《むち》の使い分けに翻弄されながら、大貴はスウェットのパンツの下半身をくねらせている。

布越しなのに、綾音の指の力加減が絶妙過ぎて、腰が砕けそうだ。

「うふふ、言ってくれたらもっと気持ちよくしてあげるわ」

「ああ、実は……」

快感に背中を押されるように、大貴は暖房が故障して香菜子とその身体を温め合いながらセックスしたこと、そのあと不倫関係を続けているのが恐ろしくなって、関係を断ったことを、包み隠さず告白した。

「ええっ、あの香菜子さんが。私が嫁いできたときから知ってるけど不倫するなんて信じられないわね……まあもう破綻してるか、あの夫婦は」

綾音の夫は生まれも育ちもこの町で、同じようにここで育った香菜子とは幼なじみにあたる。

旦那さんは香菜子を、昔からほんとうに優しく、そして真面目な、皆の憧れの美少女だったと言っていたらしい。

　綾音も嫁いで来てから地元の集まりなどで交流をもったが、そのとおりの印象の人だった。だから夫がいながら大貴と関係を持ったのには驚いたと。

「よほど大貴くんのことが気に入ったのね。ここを見せつけて誘惑したのかしら」

　そんなことを言いながら、大貴の肉棒を綾音は強めに握ってきた。

「はうっ、うう、なにを言ってるんですか、うう、それじゃ露出狂ですよ。でも破綻ってどういう」

　逸物を振り回して人妻に迫るなど、変質者以外の何者でもない。

　まだ柔らかい肉棒を強く摑まれる痛みに苦悶しながら、大貴は気になった言葉を聞き返した。

　破綻とはいったいなんの意味だろうか。

「あそこの夫婦はとっくに醒めてるっていうか、旦那さんは隣の市に女作ってそっちで暮らしてるのよ」

　もう何年にもなり、地元の人間のほとんどはそれを知っていると綾音は続けた。

「旦那のほうは離婚してくれって言ってるみたいだけど、香菜子さんのほうが首を縦に振らないみたい。愛っていうよりは、女の意地みたいなものだろうって」

狭い町で食堂を営んでいると、そんな話まで耳に入ってくると、綾音は言った。

「香菜子さんが……」

綾音の夫が言うとおり、香菜子は美しく、そして優しい。そんな妻がいながら他に女を作り、しかもそちらに乗り換えようとはいったいどういう心理なのか。

あの日、この家の前で香菜子と押し問答していた男に会えたら、問いただしてみたいと大貴は本気で思った。

「ふふ、でも香菜子さんもさ、もう別れたいっていう気持ちがあるんじゃないの。奪っちゃえば大貴くん」

意味ありげに言いながら、こんどは両手を使い、大貴の肉棒と玉袋を同時に揉み始めた。

「うう、そんな、はうっ、俺は、くうう」

香菜子は本音では別れたがっている。彼女とまた愛し合っても許されるのか。

そんなことを考え始めると、自分のために料理を作り、笑顔で一緒に食べる香菜子の姿が蘇る。

そして、布団の上で、清楚な顔を歪めて喘ぐ彼女の淫らな姿も。

「あら、一気に固くなってきたじゃん。ひどいわ大貴くん、香菜子さんとのセックスを思い出して勃起してるのね」

不満げに唇を尖らせた綾音は、大貴のスエットのズボンと中のトランクスを一気に引き下ろした。

怒っているように見えるが、瞳が妖しく輝いている若妻は、飛び出してきた怒張を舌先でチロチロと舐め始めた。

「んんん、いまは他の人のこと考えちゃだめ、んんん」

得意の舌技を使い、綾音はチロチロと先端にある尿道口や、亀頭の裏筋といった男の敏感な箇所を責めてくる。

昂ぶった怒張がジーンと痺れ、足の先まで快感が走る。大貴はもうヘナヘナと絨毯に尻もちをつく形でされるがままになった。

「は、はい、くうう、ううう」

白い歯を食いしばりながら、大貴は頷いていた。快感に負けているというのもあるが、香菜子のことでの迷いや戸惑いを忘れたかった。

「ふふ、可愛いわ、大貴くん」

綾音は肉棒に頭を被せてくると、唇を吸いつかせて強くしゃぶりだした。

ノースリーブの中の巨乳を弾ませながら、若妻は舌まで使って責めてくる。

「うう、綾音さん、気持ちいいです、うう」

ねっとりと、そして激しいフェラチオに、大貴はもうこもった声をあげるのみだ。

肉棒はビクビクと脈動し、早速先端からカウパーを迸《ほとばし》らせていた。

「んんん、ぷはっ、すごく固くなってる。ああ、もう私……欲しいわ、いいかな？」

天井を突いて屹立《きつりつ》している怒張を口から出した綾音は、瞳を潤ませながら見つめてきた。

「は、はい」

もう大貴も止まれない。ノースリーブとミニスカートを脱ぎ、ブラジャーも取ってＦカップのバストを露出した彼女の、最後のパンティだけは大貴が脱がせた。

「ああ、大貴くん、このまま入れよう」

ピンクの乳頭や薄い陰毛の股間を晒した若妻は、絨毯の上に座っている大貴の股間に跨がってきた。

すでにねっとりと愛液に溢れている膣口に、肉棒が吸い込まれていく。

「うう、綾音さん」

対面座位で求めてきた彼女の腰を抱きながら、大貴は快感の声をあげる。

すでに綾音の中はドロドロの状態で、温もりをもった媚肉に亀頭が包まれ、腰がジーンと痺れていた。

「あ、ああん、やっぱり大きいわ、あ、あああん」

大貴の腰にヒップが降りていき、完全にふたりの身体が繋がると、綾音は背中をのけぞらせて淫らなよがり声をあげた。

張りの強いバストがブルンと弾み、割れた唇から白い歯がのぞいていた。

「綾音さんの中も、うう、キツいです」

前回と同様に綾音の膣道はやけに狭く、肉棒の根元から先端までを強く締めあげている。

貪欲に肉茎を喰い絞めるその動きに、大貴も男の本能を燃やして腰を突きあげた。

「あ、ああん、大貴くん、ああん、いい、あああ、あああん」

黒髪を揺らしながら、綾音は一気に顔を蕩けさせている。大貴の肩を持ちながら、ただひたすらによがり泣く。

白い肌も一瞬でピンクに染まり、小ぶりな乳首が尖ったまま縦揺れしていた。

「もっと激しくしますよ」

快感に正直な綾音の声はかなり大きい。もしかすると香菜子に聞かれているかもしれない。

（でもいまはこの人のことだけを……）

目の前の、可愛らしく、そして淫らな若妻のみに集中するのだと、大貴は怒張を下からさらに突きまくる。

細く引き締まった腰を抱き寄せ、腰を回して責めまくる。

「ああん、ああ、それ、ああん、すごいい、ああん、たまらない、あああ」

肉棒で濡れた膣奥をかき混ぜるように腰を使うと、綾音のよがり泣きが一段と激しくなった。

「ああ、はああん、奥、ああ、いい、あああん」

普段は食堂で明るい笑顔を見せる口元も完全に開き、細身の身体も小刻みに震えている。

とくに確信があってしたわけではないが、彼女の快感のポイントを捉えているのかもしれない。

「あああん、いい、子宮に響く、ああん、ああ、すごいいい」

綾音はどんどん燃えあがり、そんな言葉を叫んでのけぞった。

「子宮？」

意外な言葉に大貴は思わず問い返した。綾音は子宮で感じているというのか、そう言われても大貴はピンとこない。

「あああん、ああ、大貴くんのは、あああん、長いから、ああ、奥で回されたら、ああ、子宮が揺れるの、あああん、それが、あああん、すごく感じる、ああ」

膣奥を掻き回す巨根に綾音は身体を何度も引き攣らせながら、言葉を振り絞るようにして答えた。

子宮を揺らされると女性は感じるのだろうか。ただ綾音の顔を見ていると、そうとうに悩乱しているように思えた。

「こうですか」

大貴は綾音の腰から腕を放すと、自分の上半身をうしろに少し倒して、両手を背後についた。

そしてお尻は絨毯についたまま両脚は伸ばす。こうすると、腰を回しやすく、跨がっている綾音の膣内をかき混ぜやすい。

大貴は腰を大きく動かし、亀頭で円を描くように肉棒を動かした。

「あああんっ、ああ、すごいい、あああんっ、綾音の子宮が悦んでるよう、ああ」

綾音の反応は、まさに狂乱といった感じで、瞳は泳ぎ、割れた唇の横からは少し唾液も垂れている。

子宮で感じるという感覚がわからなくても、彼女が凄まじい悦楽の中にいるのはわかった。

「帰ったら、旦那さんに報告するのですか」

乱れ泣く若妻に大貴はそう言った。妻が快感に溺れた話を聞いて、嫉妬に興奮するという性癖の夫は、子宮で感じまくったと聞いてどう思うのだろうか。

問いながら、大貴はさらに腰の回転をあげた。

「ああああん、きっとすごく興奮するわ、ああん、だって、あああ、こんな感じさせかた、ああん、大貴くんしか出来ないもん、あああ、ああああ！」

「じゃあ、もっと感じてください、くううう」

もう旦那のほうの興奮もとことん煽ってやると、大貴は開き直って怒張を回す。

ただもともとから締まりの強い綾音の媚肉の、さらに狭くなっている膣奥を亀頭で掻き回すと、強烈な快感に肉棒が包まれ、大貴も口を割って喘いでいた。

「ああん、ああ、感じてるわ、ああん、すごくいい、ああ、とどめを刺して大貴くん、ああ、最後は突きまくってえっ！」

掻き回された子宮を突かれると何倍も感じるのだと、綾音は妖しい瞳を大貴に向けて叫んだ。

そして両手を開いて、大貴にこっちに来てという仕草を見せた。

「はい、いきます」

再び上体を起こし、彼女の腰を引き寄せて抱き合い、対面座位で怒張を打ち込む。

濡れそぼった膣奥を硬化しきった亀頭が、凄まじい勢いで突きあげた。

「あああん、ああ、すごいい、ああ、いい、ああ、イッちゃう、ああ、もうイクっ」

突き始めるのとほとんど同時に、綾音は限界を叫び、大貴に強くしがみついてきた。

Fカップのバストが大貴の胸板に押しつけられ、股間どうしが強くぶつかった。

「俺もイキます、おおおおおっ」

さらに締めつけの強くなった媚肉に大貴も射精のときを迎え、力を振り絞って怒張をピストンした。

「あああ、ひいいいいいっ、イクうううううっ！」

汗ばんだ白い身体がビクビクと痙攣を起こす。綾音は歓喜に瞳を妖しく輝かせながら、天井を見あげて絶叫している。

「う、出るぅっ！」

若妻の腰を引き寄せながら、大貴は最奥に向かって精を放った。

何度も肉棒が脈動し、粘り気の強い精液が、彼女の昂ぶっているという子宮に向かって、勢いよく飛び出していった。

「あああん、熱いっ、あああ、ああん、綾音の子宮、とっても悦んでるぅ」

もう虚ろに宙を見あげながら、綾音は歓喜のよがり泣きを繰り返している。

「うう、綾音さん、俺もすごく気持ちいいです」

彼女の身体が震えるたびに、膣全体がグイグイと締まり、大貴は搾り取られるように何度も射精した。

「ああっ、はあああん、あ……ああ……」

それを何回か繰り返したあと、ふたりの発作はようやく収まった。綾音は抱き合う大貴にうっとりとした顔を向けてきた。

「ああ、すごくよかったわ……ねえ大貴くん」

綾音はあらためて大貴の首にしがみつくと、頬に何度も軽いキスをしてきた。

「香菜子さんも案外、大貴くんとこうするのを待ってるかもね、ふふふ」

そしてなんとも淫靡な笑いを浮かべたあと、濡れた唇を大貴の唇に重ねてきた。

香菜子は離婚をするきっかけが欲しいときっと思っている。私が香菜子さんと同じ立場ならそう考えるわと、綾音はなんとも意味深な言葉を残して帰っていった。

（でもなあ……）

ただそれは綾音が言っているだけで、香菜子も同じように考えているとは決まったわけではない。

性格も対照的なふたりなので、香菜子のほうは夫への愛を持ち続けているのかもしれないからだ。

（でも……エッチのときはふたりともすごいよな）

香菜子も綾音も、そして上司の真由も、一度感じ始めると激しく乱れ狂う。

これは東京で付き合った若い女にはない淫靡さがあり、大貴はいつもその色香に飲み込まれてしまう。

成熟した女がよがり泣く姿は、なんとも男の欲情をかきたてられる。

「うっ」

彼女たちのよがり顔を思い出すと、若い肉棒が勃ちあがりそうになる。

いま大貴は仕事を終えて家に帰っている最中だ。道ばたでスーツのズボンを膨らませて歩いていたら通報ものだ。

日が落ちた田舎の道は誰もいないのが幸いだが、大貴は前屈みのまま自宅の前にまでたどり着いた。

「あ、あの大貴くん……」
自宅のドアの鍵を開けようとしたとき、隣の玄関が開いて香菜子が現れた。
手には大きめのタッパーが握られている。
「今日、綾音さんが来て、これを大貴くんに渡してくれって」
別になにも悪いわけではないのに、香菜子はなんだか申しわけなさそうな顔をして、
サンダルを履いて大貴の前まで歩いてきた。
彼女は大貴に、おばさんのくせに迫って迷惑をかけたと、前に口にしていた。それ
をいまだに気にしているのだろうか。
「おかずみたいだけど……」
タッパーは中で仕切られていて、何種類かの料理が多めに入っている。
どう見てもひとりで食べきれる量ではない。さらに、なぜかフタには太いペンで、
「GO」と書かれていた。
(これは……)
タッパーはけっこう使い込んであるから、GOという文字は食堂で使うときの目印
かもしれない。
ただ、もしわざわざ書いたのだとしたら、綾音は大貴の背中を押そうとしているの

かもしれなかった。

「じゃあ、私はこれで」

香菜子は目を伏せたまま、夜の中を自分の家のほうに戻って行こうとする。

彼女の蒼白い頬がやけに悲しそうに思えた。

「あ、あの香菜子さん、もしご飯まだなら、一緒に食べませんか」

いまを逃したら、二度と彼女と話す機会はない。そんな気がして大貴は言葉を振り絞った。


ひとりで食べるには量が多過ぎると言った大貴を、香菜子は自宅に招き入れてくれた。ただあまり言葉は発せずに、タッパーの中の料理を温めていた。

「お夕飯は簡単にしようと私も思っていたから」

綾音がくれた料理とは別に、夕食用に用意していたという貝の入った味噌汁とご飯が、香菜子の家の座卓に並べられた。

今日はモスグリーンのセーターに、クリーム色のスカートという地味目の姿の香菜子は、座卓を挟んで向こう側に腰を下ろして食べ始めた。

どちらの料理もかなり美味しいのだが、大貴は緊張のあまり味はよくわからない。

（香菜子さん……）

それでも大貴はなにかをごまかすように、黙々と箸を動かしていた。

香菜子のほうもまた、言葉はまったく発しない。部屋の中は暖房がよく効いていて、少し暑いくらいで、彼女の頬もピンクに染まっているが、表情は哀しげだ。

「あ、あの……香菜子さん、失礼ながらひとつ聞いてもいいですか？」

このまま食事を終え、自分の家のほうに帰るわけにはいかない。そうなったらもう二度と、彼女と向かい合う機会はない気がする。

「あ、なにかしら……」

少し驚いたように香菜子は顔をあげた。色白の丸顔に、切れ長のまつげの長い瞳は今日も美しい。

そしてぽってりとしたピンクの唇。そこに自分の肉棒が包まれていたのを思い出し、大貴は思わず唾を飲み込む。

ただいまは、そんなことを考えている場合ではない。

「この前、仕事中にここの前を車で通ったときに、男の人と揉めているところを見たんです。それがずっと気になっていて」

別々に暮らしているという夫に対し、香菜子の思いはまだ残っているのか。

それが大貴はどうしても知りたかった。もし香菜子と再び男と女の関係になるのなら、身体だけではない、心もすべて自分のものにしたい。

大貴は本気だった。本気ゆえに、もし香菜子が夫をまだ愛していると言ったら、すぐにでもこの家をあとにするつもりだった。

「そんなとこ、見られていたのね」

香菜子は目を伏せるとかすれる声で言った。

「あれは私の夫よ。夫と言っても、他に女を作って暮らしているの。あの日はこれを私に持ってきてたの」

香菜子はそう言って立ちあがると、和室の居間の壁際にある戸棚から、白い封筒を持ってくる。中に入っている書類が取り出され、テーブルの上に置かれた。

「これは！」

一枚だけのその用紙には離婚届と書かれていた。テレビドラマかなにかで見た覚えはあるが、本物を目にするのは初めてだ。

離婚届には夫の名前だけが書かれていて、捺印がされているが、妻の欄にはなにも書かれていなかった。

「慰謝料でもなんでも払うから離婚してくれって持ってきたの。それがあの日……」

そこまで言って香菜子は少し悲しげに笑った。

「もう愛情なんてとっくにないのに。いつでも離婚してやるって思ってるのに、踏ん切りがつかないの」

大貴の顔を見つめる香菜子の切れ長の瞳に、見る見る涙が浮かんでいく。

「もう旦那さんに想いがないのなら、なぜ……」

綾音に聞いたところによると、別居は数年に及ぶらしい。愛情もないのならなぜ離婚に踏み切れないのか、独身の大貴にはわからない感情があるのか。

「女の意地みたいなものなのかもね。でもなんだか大貴くんに話したら、少しすっきりしちゃったわ。ふふふ、明日出そうかしら」

自分は自宅で請負の仕事をしているし、この二軒の家も香菜子が親から相続したものだし、住む場所の心配もないしね、と香菜子は言った。

そして、どうせなら慰謝料はちゃんとふんだくろうかしらと、笑顔を見せた。

「ごめんね大貴くん、こんなおばさんの愚痴に付き合わせちゃって。それにこの前もあなたみたいな若い子に迫っちゃって、調子に乗ってたわ、私」

そこまで言ったとき、香菜子の黒目がちの瞳から、ポロポロと涙がこぼれ落ちた。

口元は笑顔なのに涙だけが流れていっている。それは夫への惜別の涙なのか、それとも大貴への想いが溢れたのか。

「香菜子さん、俺は一度も香菜子さんのことをおばさんだなんて思ったことはありません。あなたは俺にとって最高の人なんです」

感情を溢れさせる彼女を見て、大貴ももう想いが止まらない。

畳に敷かれている絨毯の上を這うようにして、座卓の向こう側に座っている香菜子ににじり寄った。

「香菜子さんに会えないと言ったのは、不倫をしてはいけないと思ったからです。でも、もうどうでもいい」

大貴の勢いがよすぎて驚いたのか、少し体勢を崩して絨毯に横座りしている香菜子の手を握り、大貴は顔を寄せていく。

「好きです、香菜子さんっ」

不倫だとバレて会社をクビになってもいい、そんな思いを込めて彼女の唇を奪う。

「んんんん、んく、んんんんん」

香菜子はそんな大貴を受け入れ、舌も絡ませてきた。両手を握り合ったまま激しく舌が絡み合う。

「んんん、んく、んんんんん」

いつしかお互いに膝立ちになって抱き合ったふたりは、粘っこい音を居間に響かせながら、舌を貪り続けた。

キスのあとは片付けの時間も惜しいと、大貴は彼女を抱えるようにして隣の部屋に移動した。

居間と続いているこの部屋は暖気が流れ込んでいるので、充分に暖かい。

「香菜子さん、僕もあなたに伝えなければならない話があるのです」

色の違う絨毯の上に立って、香菜子のセーターの上半身を抱きしめながら、もう一度、キスをした。

それが終わると同時に大貴は彼女の瞳を見つめて言った。

「あなたと関係を持ったあと、ふたりの女性とセックスをしました」

上司であり人妻である真由と肉体関係を持ったこと、夫婦ともにセックスをフリーで楽しんでいる綾音ともしたことを、包み隠さず話した。

自分だけ黙ったまま彼女を抱くのは、あまりに卑怯《ひきょう》だと思ったからだ。

「こんなことを言う資格はないのかもしれませんが、これからは香菜子さんのことしか見ません。もうあなただけと」

真由とも綾音とも、不倫関係であるのには変わりない。夫の不倫で傷ついた香菜子が聞いたら軽蔑するかもしれない。

それなら仕方がない。ただ香菜子に対する想いだけは伝えたい。そんな気持ちで告白した。

「モテるのね、大貴くん……」

香菜子は少し笑みを浮かべると、大貴の腕の中で視線を下に向けた。そして大貴の服を指で軽く引っ張ってきた。

「少し妬《や》けるけど……でもそれは全部過去のものだからいいの。私は、いまの大貴くんが好き……ああ」

そして顔をあげた香菜子はなにかを決意したように、自分から大貴の首にしがみつき、その厚めの唇を押しつけてきた。

美熟女の思いがこもった熱いキス。大貴も応えて、舌を激しく絡ませ合った。

「んんん、ぷはっ、香菜子さん、俺ももうあなたを離しません」

長い時間吸い合ってから、ようやく唇が離れると、大貴はそばにある押し入れを開いた。

敷き布団だけを投げ捨てるように敷いたあと、香菜子の服を脱がせていく。

セーターやスカート、ブラジャーやパンティまですべてを引き剝がした。

「いや、大貴くん、こんなに明るいのに恥ずかしいわ」

布団の横に立ったまま、大貴によって裸にされた香菜子は、しきりに腰をくねらせて恥じらっている。

天井にある電灯は明々《あかあか》と灯されたままで、色白の肉体を、艶めかしく輝かせていた。

「だめです、今日は香菜子さんの全部をとことんまで見ますから」

「そんな、だめよ、ああ、恥ずかしい……いや」

大貴の言葉に、香菜子は濃いめの陰毛まで晒している、ムチムチとした下半身を、しきりによじらせている。

ただ白い肌は一気にピンク色に上気し、切れ長の瞳もどこか妖しげだ。

(マゾの性感が昂ぶっているな……)

香菜子と身体を重ねた最後の日、彼女は感じるあまり、本性とも言っていい淫蕩な姿を晒していた。

そのときの香菜子は、責められて歓喜するマゾ的な姿を見せつけていた。貞淑な人妻の牝の顔を剝きだしにさせるのだと、大貴も服を脱いで全裸になった。

「ほらもうこんなです、こいつがあなたの奥の奥まで入りますよ」

大貴の肉棒はすでにギンギンの状態で、亀頭のエラを隆々と張り出させながら、天を突いて反り返っていた。

「あ……ああ……」

血管を浮きだたせて屹立する怒張を目の当《ま》たり《あ》にした美熟女は、目つきを妖しくして唇を半開きにしている。

ムチムチとした腰回りを無意識によじらせ、切ない息を吐き出した。

「まずは香菜子さんのお口の穴を塞ぎますよ」

香菜子が前に言っていた、大貴の巨根で身体の穴を埋めつくされる感覚がたまらない、という言葉。

今夜はそれをとことんまで実行する。まずはぽってりとした唇の奥まで奪うつもりだった。

「ああ、私を穴扱いするのね」

そんな言葉を口にしながらも、香菜子はうっとりとした顔で布団の上に膝をつく。

そしてその細く艶やかな指で怒張をしごき始めるのだ。

「そうです、いやですか？」

「ああ、して……ああ、香菜子はあなたの穴よ」

強めに言った大貴の言葉に、香菜子はマゾの昂ぶりを覚えたのか、膝立ちになった身体をブルッと震わせた。

そして厚い唇を大きく開き、大貴の巨根を包んでいった。

「んん、んく、んんんん」

欲望に瞳を蕩けさせている美熟女は、ためらいなく大貴の巨大な亀頭を喉の近くまで飲み込んでいく。

そして、そのまま頭を動かし始めるのだ。

「気持ちいいですよ、香菜子さん」

怒張はかなり奥まで入っているので苦しいと思うのだが、香菜子は大貴が快感の言葉を口にすると、嬉しそうにさらに頭を振りたててくる。

亀頭のエラが、喉のほうの固い部分にゴツゴツとあたっているが、そんなことはおかまいなしだ。

「んんん、んく、んんんん」

いつしか額に汗まで浮かべて、深いフェラチオを繰り返す美熟女。

ピンクに染まったHカップの巨乳がフルフルと波を打って、色素が薄い乳首とともにに弾んでいた。

「僕も動きましょうか？」

色っぽい唇を歪ませながら、懸命にしゃぶり続ける香菜子に、大貴はそんな言葉をかけた。

苦しそうに眉を寄せながらも、どんどん色っぽくなってくる彼女の顔や肉体を見つめていると、もっと責めたいという嗜虐心《しぎゃくしん》がわきあがった。

「ん……」

香菜子は肉棒を飲み込んだまま、しゃぶりあげの動きを止めて、大貴を見あげてきた。

その瞳は、香菜子の喉をもっと責めて欲しい。穴の深くまで貫いてくれと、言っているように思えた。

「いきますよ」

香菜子の黒髪の頭を摑んだ大貴は、彼女の口内にある肉棒をゆっくりとピストンさせ始めた。

「ふぐ、うぐ、んんんん、んくう」

香菜子はこもった声を漏らすが、大貴を突き放そうとはしない。

徐々にスピードがあがっていくピストンに身を任せ、まさに穴と化している。

「んんん、んくうう、んんんん」

香菜子はむせかえりそうな鼻息を漏らしているのだが、頬はさらに赤く上気し、切れ長の瞳もうっとりと蕩けている。

喉という穴を男のモノで塞がれるのがたまらないのだ。

「ああ、香菜子さんの口の中、最高ですよ」

喉の粘膜が亀頭のエラを擦るのに加え、香菜子は舌も肉棒に押しつけている。

舌のざらついた部分が裏筋の部分にあたり、強い快感が突き抜けていく。

「んんんん、んんくう、んんんん」

激しく前後する怒張が美しい唇を引っ張って歪めている。そんな中でも香菜子はさらに情欲を燃やし、膝立ちの下半身をくねらせていた。

「うう、もう出ます、くう、香菜子さん、顔に出させてください、あなたを汚したい」

強烈な快感に屈し、肉棒はもう限界だった。前にフェラチオしてもらったときは、口内の奥に向かって射精したが、今日は顔に精を浴びせたかった。

甘く蕩けている美しい顔に、白い粘液が滴《したた》り落ちていくのを見たかった。

「んんん、んんん」

怒張を飲み込んだまま、香菜子は瞳を閉じ、少しだけ頷いた。そして大貴の腰に腕を回して、身体の力を抜いた。

「いきますよ、おおおお」

香菜子はすべてを受け入れる覚悟だ。大貴は興奮のままに腰を振りたて、彼女の喉奥に亀頭をぶつけた。

「うう、イク、くううう」

唾液に濡れた口内の粘膜に亀頭を激しく擦りつけながら、大貴は絶頂を極めた。

肉竿の根元が締めつけられるような快感がやってくるのと同時に、大貴は香菜子の厚い唇から怒張を引き抜いた。

「ううっ、出る」

香菜子は顔を上のほうに向けて、瞳を閉じてじっとしている。

肉棒を自らしごいて、大貴は腰を震わせ、精液を勢いよく発射した。

「くう、香菜子さん、ううう」

粘っこい白濁液が宙を舞って、香菜子の赤らんだ顔に降り注ぐ。頬や額、鼻にもあたり、ねっとりと糸を引いていた。

「うう、香菜子さん、すごくエロいです、ううう」

淑やかで美しい人妻の顔を自分の精液で汚している。たまらない興奮を覚えながら、大貴は何度も射精を繰り返す。

精液は顎を伝って下に落ちていき、Hカップの巨大なバストまで濡らしている。その姿は壮絶な美しささえあった。

「ああ、大貴くん、こんなにたくさん」

そして射精が収まると、香菜子はゆっくりと目を開き、甘えたような声で言った。

その様子を見て、大貴がブルッと背中を震わせる中、香菜子の唇が開いて、ピンクの舌が伸びてきた。

「ああ……私……喉も顔も大貴くんのものにされちゃった」

瞳を妖しく輝かせ香菜子は、射精を終えた亀頭にまとわりついた精液を、その濡れた舌で拭い取っていった。

口内で射精しただけで終わるはずもなく。部屋に敷かれた布団の上で、ふたりはお互いの身体を貪るように絡み合っていた。

「ああん、大貴くん、ああ、ああん、好き、好きよ」

対面座位で大貴の腰に跨がった香菜子は、堰《せき》を切ったように快感によがり泣き、細身の上半身をくねらせている。

少し汗ばんだ感じのする巨乳を弾ませながら、何度も大貴にキスをしてきた。

「ああ、僕も好きです、香菜子さん」

そんな美熟女の腰を持ち、大貴は円を描くように動かしていく。

「はあん、ああ、これ、ああん、あああ、すごくお腹に響く」

こうすると対面座位で膣奥に食い込んでいる亀頭が、中をかき混ぜるような動きになる。

奥をグリグリと先端が掻き回す中、香菜子が戸惑ったような声をあげた。

「これをすると子宮が揺れる感じがして、違う快感があるそうなんですよ」

綾音に教えてもらったと、大貴は頬をもう真っ赤にしている香菜子に言った。

「他の人としたことを私にするなんて、ひどいのね大貴くんは」

少し唇を尖らせて、香菜子は拗《す》ねている。いつも大人の女という雰囲気の彼女が、こんな態度を見せるのも新鮮だ。

「じゃあやめますか」

そう言いながらも、大貴はさらに自分の腰も動かして、亀頭で濡れた膣奥をグリグりと責めていった。

「あ、あああん、だめ、ああん、これ、不思議だけど、ああ、ああっ、お腹の奥が熱くて、ああ、いいわ、ああ！」

香菜子はさらに情欲を燃やし、肉感的な下半身を自らくねらせて怒張を貪る。

子宮で感じるという感覚に、美熟女はあっという間に目覚めてしまったようだ。

「最後は思いっきり突きます、いきますよ」

「えっ、そんないま、ああ、だめ、あ、いや、あ、はああああっ」

掻き回す動きからピストンに変わると聞いて、香菜子は焦った表情を見せた。

熱くなった子宮を突きまくられたら、どうなるのか女の本能で察したのだろう、激しく狼狽えているが、大貴は一気に責めていく。

「あああ、これ、あああん、だめえ、ああ、死んじゃう、あああ」

大貴の巨大な逸物が、子宮を歪めんばかりに膣奥に食い込み、そこから激しい上下動を繰り返す。

巨乳を大きく揺らしながら、香菜子は瞳をカッと見開き、唇を大きく割り開いて絶叫を響かせた。

「ああ、もうだめ、あああ、ああ、イク、香菜子イッちゃううう！」

昂ぶりきった子宮から快感が押し寄せたのか、香菜子は大貴の肩を摑みのけぞった。

「イッてください、僕も、おおおおっ」

もう香菜子が妊娠しても、大貴はすべての責任を負うつもりだ。

熟れた桃尻を両手で摑み、向かい合う白い身体をとどめとばかりに突きあげた。

「はあああん、イク、イクうううううっ！」

男に跨がった下半身をさらに前に突き出し、巨大な逸物のすべてを受け止めて、香菜子は絶頂を叫んだ。

巨乳がブルブルと震えるほど、全身が引き攣り、白い脚が大貴の腰を締めあげた。

「うう、俺も、イク！」

それを合図に大貴も限界を迎え、怒張を暴発させる。肉棒が脈動し、二回目とは思えない勢いで精液が飛び出していった。

「あああ、すごいい、あああん、もっとちょうだい、ああっ、香菜子の子宮が悦んでるのう、あああん」

エクスタシーの発作に何度も痙攣しながら、香菜子は整った顔を大きく歪ませて淫らに求めてきた。

「ううう、出します、うう、俺の精子で香菜子さんの子宮をいっぱいにしますっ」

完全に淫女となった香菜子の、妖しい瞳に吸い込まれていくような感覚を覚えながら、大貴は何度も精を放ち続けた。

第七章　温めあいの肉宴

ようやく思いが通じ合った香菜子との、甘い生活が始まった。大貴は毎日のように香菜子の家のほうで食事を取り、風呂に入って寝る生活を送っていた。

それというのも香菜子は離婚届を提出し、晴れて独身同士となったことで、誰はばかることなく求めあえるようになったからだ。

もちろん夜になると、日に日に淫蕩さを増していく美熟女の、柔らかい女体を堪能していた。

「はあ……」

そんな日々が続いて十日ほど、珍しく大貴はため息をつきながら帰宅した。

今日の帰り際、真由に呼び止められ、会社の裏手で、彼女が来月から東京の本社に戻ることを告げられた。

いまだに大貴は、香菜子と本格的に恋人関係になった事実を、真由には言えていなかった。

（ああ……どうしよう）

真由は香菜子の存在も知らない。このところ真由は単独での出張が多く、あまり顔を合わせていなかった。

そんな真由は誰もいない場所で大貴に本社復帰を告げたあと、最後に思い出が欲しいと言った。

「もうこれで最後だから、一晩中、私を愛して」

そう言って大きな瞳を潤ませ、普段は見せない女の顔を見せた有能な上司に、大貴はなにも言えなかった。

口ごもっているうちに、真由はそこから走り去ってしまった。

「はあ」

香菜子の家の玄関にまで来て、大貴はまた大きくため息を吐いた。

もちろん香菜子以外と関係をもってはならないというのはわかっている。だけどどうしても、真由の悲しそうな瞳を見ていると、それを言い出せなかった。

自分のふがいなさ、男としてのだらしなさに頭を落としながら、大貴は香菜子の家の玄関をドアを開いた。

「ふう」

香菜子はいつも大貴が帰宅する時間になると、ドアの鍵を開けて待っていてくれる。不用心だと言ったが、田舎だから大丈夫と言われた。いつも玄関に入ったら、ただいまと言うのだが、今日は腹を括《くく》ってまずは靴を脱いだ。

（全部ちゃんと話そう……）

正直、大貴は最後に一度だけと言った、真由の望みを叶えてやりたいとも思っていた。それは決して自分の欲望のためではない。

香菜子という恋人が出来たからと断り、悲しそうにする真由の顔を見ているのが辛かったからだ。

（結局、俺が弱いんだけど……）

香菜子の気持ちを思えば断らなくてはならないのはわかっている。ただ一度だけ、香菜子に全部告げて、相談してみよう。

自分に都合のいい考えかただというのはわかっているが、大貴はそう決めて、廊下を進み、香菜子が待っているはずの居間の襖に手をかけた。

「香菜子さん、大事なお話が……えっ」

勢いよく襖を開いてそう言った瞬間、大貴は目をひん剝いて固まった。

「おかえりー」

居間にいたのは香菜子だけではなかった。明るく挨拶をしたのは、食堂の若妻である、綾音。そしてその隣には彼女の夫が座っている。

座卓を挟んで向こうには香菜子がいて、申しわけなさそうな表情を見せていた。

「ふふふ、今日、香菜子さんに会ったら様子がおかしいから、いろいろ聞いちゃった」

またいたずらっぽい笑みを浮かべた綾音は、立ちあがって大貴の腕を持ち、居間の中に引きずり込んだ。

「私とのことも全部話したんだって？　大貴くん。しかもあの女主任さんともしてるなんて、やるじゃないの」

大貴を香菜子の隣に座らせながら、綾音は楽しげに声を弾ませている。

「ごめんなさい、言うまで許してくれなくて」

香菜子は両手を顔の前で合わせながら、会った瞬間になにかあったでしょと、見透かされ、そのあとは全部しゃべるまで許してくれなかったと大貴に話した。

そして綾音は、香菜子の顔を見ただけで、なにかあったとわかったと笑った。

「そ、そうですか……はい……すいませんです」

座卓の前に正座している大貴は、綾音や香菜子のことよりも、もうひとりの人物である、綾音の夫が気になる。

名前が剛太郎《ごうたろう》というのは聞いて知っている。その名前のとおりに顔も身体もゴツい夫は微笑みを浮かべて黙っているが、その笑顔がかえって恐ろしかった。

「いちおうさ、私たちがフリーでセックスを楽しむ夫婦だっていうのは、町では秘密にしておきたいから、香菜子さんにお願いしておこうと思って夫婦で来たの」

綾音の言葉に、剛太郎は黙って頷いている。なにもしゃべらないのがさらに怖い。

「そんなよけいなこと、言わないわ」

香菜子は間髪《かんはつ》入《い》れずに言った。確かに彼女は噂話などするタイプではない。

「わかってるけど、いちおうね。それより大貴くん、さっき大事な話があるって言ってたけど、なに？」

納得したように頷いた綾音だったが、すぐに顔を大貴に向けて、肩を叩いてきた。

勘がよすぎるくらいの綾音が、さっきの大貴の声を聞き逃しているはずがなかった。

「い、いえ、それは別に」

これ以上事態を混乱させるわけにいかない。真由の話をするのは綾音夫婦が帰ってからにしなければと、大貴は目を背ける。すると顎の下になにかが滑り込んできた。

「うぐっ」

綾音が座っている大貴の背中におぶさる体勢になり、首に腕を回して締めてきていた。セーターの中の腕は細いのに力が強い。

「お、おい綾音、お前は柔道の経験者なんだからやばいって」

背後から大貴の首を締めあげる綾音を見て、剛太郎が焦っている。そのいかつい見た目に反して優しい人のようだ。

「く、苦しい、言いますから、もう許して」

そんなことを思っているうちに、意識が遠のきそうになってきた。

大貴は綾音の腕をパンパンとタップしてギブアップする。するとするりと彼女の腕が抜けていった。

「はあはあ、実は……」

小柄な身体なのに、柔道の経験者というだけあって強烈な締めあげだった。

これはもう諦めるしかないと、大貴は絨毯の上に両手をついて土下座した。

「えっ、大貴くん、なに、えっ」

いきなり頭を下げられて狼狽える香菜子に、大貴はすべてを話す。

すでに肉体関係があるというのは伝えてある真由が、最後にもう一度だけして欲しいと言っていること。それをどうしても断れなかったと、すべて包み隠さず告白した。

「そんなに頭を下げないで大貴くん、私はいいから、あなたの思うままに」

怒られるのか、それとも軽蔑されるのか。そう考えていたが、香菜子は大貴に肩を起こしながら言った。

「えっ？」

「いいの、私と付き合う前から、その主任さんが東京に戻るまでって約束をしてたんでしょ、だからいいの、最後まで……ね」

驚く大貴を励ますように、香菜子は微笑みを見せている。彼女は、真由の思いを最後まで叶えてあげて欲しいと言った。

「ほえー、あの美人の主任さんを、この大きいのでメロメロにしてたんだ」

「ちょっと、綾音、言い方！」

頭をあげた大貴の肩越しに覗き込んだ綾音が、やけに明るく言って、夫の剛太郎に注意されている。

大貴の目には、香菜子のこめかみが引き攣る様子が見えていた。口元は笑顔のままなのが逆に怖い。

「なら、近くで俺の同級生が温泉旅館やってるから、そこを使ったらどうかな」

剛太郎も気がついたのか申しわけなさそうな感じで言った。香菜子と幼なじみだという彼も、表情が変わったのに気がついたのだろう。

「そうね、あそこなら安くしてくれるだろうし、使いなよ」

綾音はかわらずお気楽な感じで、大貴の肩を叩いて笑っている。

「は、はあ、じゃあお言葉に甘えます」

もう香菜子のほうを見る勇気もない。とにかくこの場を終わらせたい大貴は、夫婦の提案を受け入れた。


剛太郎が紹介してくれた旅館は、気後《きおく》れするくらいに高級な和風旅館だった。

「高かったんじゃない？　私もお金出すよ」

豪華な調度品が置かれた広い和室に、真由も驚いている様子だ。

「いえ、大丈夫ですよ。お世話になった主任の送別の意味もありますから」

たしかに正価で泊まろうと思うと、目の玉が飛び出そうな部屋だが、そこは剛太郎の紹介ということで驚くような安い価格だった。

ただそれを真由に話すと、綾音や香菜子のことまで話さないといけなくなりそうで、大貴はとぼけるしかなかった。

「ふふ、ありがとう。でも今日はもうあなたの上司ではいたくないわ。恋人、それとも奥さんがいいかな？」

今日はプライベートなので、薄手のセーターにスカート姿の真由は、大貴の腰に腕を回して抱きついてきた。

そんな彼女はもうすぐ東京に戻る予定だ。まだ正式に辞令は出ていないが、すでに内示があったそうだ。

「それは……」

普段、会社では絶対に見せない、凜々しい女主任のどこかうっとりとした顔。

それを見ていると、大貴も一気に鼓動が速くなった。

「じゃあ、奥さんで……はい……」

人妻である彼女を今夜だけ自分の妻にする。そう思うとなんだか変に興奮してくるのだ。

「ふふ、じゃあ真由って呼んでね、お前でもいいよ」

大貴と向かい合って抱き合ったまま、真由は顔を上に向けてきた。

その赤らんだ頬や、少し潤んだ大きな瞳がなんとも色っぽい。

「真由……今日はいっぱいエッチな姿を見せてもらうよ」

「ああ、はい……あなたの好きにしてください」

あなたと呼んだ美熟女に心震わせながら、大貴はその形の整った唇に激しいキスをした。


安い値段にしてもらっているのに、こんなに良い物を出してもらっていいのかと思うくらい、夕食は豪華で美味しかった。

「美味しかったわ、お腹がぽっこり出てたらどうしよう？」

少しビールを飲んで、ふたりは予約してあった家族風呂に入ることにした。

一緒に風呂に入るということは、お互いに裸だからと、真由は浴衣の下腹を気にしている。

ここも高級感のある旅館の廊下に出ると、浴衣姿の真由が、同じく浴衣の大貴に腕を絡めてきた。

「ぜひ確認しようかな」

「もう、やだ、あなたの意地悪」

完全に新婚夫婦の雰囲気で、ふたり寄り添いながら廊下を歩いていく。

「あ……あなたって」

イチャイチャしながら階段の前を通りかかったとき、覚えのある声が聞こえた。

「えっ？」

階段は使わないので、前を通過しようとしたのだが、そこに浴衣姿の女性がふたり立っていた。

ひとりは綾音、もうひとりは香菜子だった。香菜子は口を開いて呆然としている。

「えっ、えっ、ええっ」

どうしてこのふたりがいるのか。大貴は現実が受け入れられず狼狽えるばかりだ。

とくに香菜子は能面のような顔をしてこちらを見つめている。

「え、なに、なんなの？　あっ、東食堂の奥さん!?　やだ」

そして真由は顔見知りの綾音に、部下とイチャついているところを見られたと、もっと狼狽している。

「はは、ごめんねえ、香菜子さんの家に行ったらさ、悶々として絨毯の上を転がっていたから連れてきちゃった」

そして綾音は舌をぺろりと出して、いたずらっぽく笑った。そんな綾音の横で香菜子は急に顔を真っ赤にして下を向いた。

「香菜子さん……」

拗ねた香菜子が絨毯の上をゴロゴロと転がっている。それを想像すると、大貴は呆けたような顔になってしまった。

「ねえ、どういうこと？　ちゃんと説明して」

ただ、いまはそんな妄想に浸っている場合ではない。真由が困った様子で大貴の浴衣の袖を引っ張っている。

「すいません、全部お話しします」

もうこうなったらすべてを説明するしかないと、大貴は腹を括るしかなかった。

「そう、そんな事情が」

とりあえずお風呂にいくのは中止して、大貴たちの部屋に四人全員が集まった。

すべての事情を聞いた真由は、驚きながらも静かに顔を伏せた。

「それなら私は君と泊まることは出来ないわ」

私に気を遣ってくれたのは嬉しいけれどと、真由は少し悲しそうに呟いた。

真由は怒りだすかと思ったが、断れないのは優しい大貴らしいと、励ますように笑った。

「だめです、そんな。私たちが帰りますから」

真由の言葉を聞いて、香菜子は畳に正座していた腰をあげた。

「いいです、そんな。いっそ香菜子さんがこのまま大貴くんと泊まっていって」

「そんな、真由さんが泊まるべきです」

ふたりの美熟女は譲《ゆず》り合いを始めている。ただ両方とも表情が悲しげに見えた。

「じゃあ、私が大貴くんのおチ×チンご馳走になろうかな……あれっ」

横からやけに明るい声で綾音が下品なことを言い出したとき、急に部屋の灯りが消えた。

「な、なんだ……」

どうして綾音が出て来るのかと、文句を言おうとしていた大貴も、急に視界が真っ暗になって慌てた。

ただすぐに非常用の小さな電球が灯り、部屋は薄暗い程度の明るさにはなった。

『ご宿泊の皆様、申しわけございません。ただいまこの地域に停電が発生しました』

ほとんど同時に天井のスピーカーから声が聞こえてきた。災害などが起こったわけではないので落ち着いてくださいと、案内をしている。

「マジで？　またかよ」

どうして自分は行く先々でこうもトラブルに見舞われるのか。なにか悪い行いでもしたのかと、大貴はただ呆然となった。

旅館は非常時のための発電設備を完備しているのと、温泉の熱を使った暖房システムを採用しているので、朝まで弱暖房と非常灯は使用できると、先ほど懐中電灯を持って謝りに来た支配人から告げられた。

「でも寝るしかすることないよねえ」

凍えるほどではないが、部屋の温度も徐々にさがっているように思う。ため息を吐きながらの綾音の言葉のとおり、さっさと寝るしかなさそうだ。

(でもどうするんだよ……この状況)

オレンジ色の薄明かりが照らしている和室には、香菜子も真由もいる。

譲り合いの最中に突然、停電となり、ふたりは黙り込んだままだ。部屋にはなんとも言えない雰囲気が漂っていた。

「お布団敷いちゃおうか」

暗いとは言っても手元が見えないほどではない中、綾音が浴衣の身体を起こして、部屋の押し入れを開いた。

「僕も手伝います」

大貴も、そして、香菜子と真由も手伝って敷き布団にシーツを伸ばしていく。もっと大勢でも泊まれる広い部屋なので、布団の数も充分にあり、合計よっつの布団が横並びになった。

（みんなで一緒に寝るつもりなのか……）

香菜子も真由も無言のまま枕や掛け布団の準備をしている。浴衣美女三人と一緒に寝るのは興奮してきそうだが、いまはとてもそんな気持ちにならない。

綾音はなにをしでかすかわからないし、香菜子と真由がなにも言葉を発しないのが、なんとも恐ろしかった。

「大貴くんは真ん中で寝なよ。その隣に香菜子さんと真由さんで」

笑顔の綾音が仕切っている。香菜子と真由はその言葉に、ここも無言で従って浴衣の身体を布団に入れた。

「し、失礼します」

どうするのが正解なのかまったくわからないが、とりあえず布団の中に入るしかないと、なぜか大貴は遠慮気味に、ふたりに挟まれた布団に入った。

（じ、地獄だ……）

左右を見ると、薄暗い中で、ふたりの美熟女は瞳を開いてこちらを見つめたまま、じっと黙っている。

どちらを向いても目が合ってしまい、大貴は天井を見るしかなかった。

「あーん、やっぱり寒いから、暖めてえ」

緊張したまま仰向けで天井を見あげる大貴の足元から、綾音が潜り込んできた。

「あ、暖めてじゃないですよ。ちょっと、うわ」

綾音は柔道経験者の腕力を発揮し、大貴の両腿を抱きかかえて、自分の身体を密着させている。

この状態だと、当然ながら彼女の頭は大貴の股間のところにあり、柔らかい頬らしきものが、肉棒にグリグリと擦られている。

「なに考えてるんですか、こらっ」

浴衣越しに肉棒を吸われているような感覚まである。布団の中で大貴は腰をよじらせて振り払おうとするが、まるでびくともしなかった。

「私も暖かくして」

「私も……」

綾音の行動を合図にするかのように、香菜子と真由も大貴の布団に潜り込んできた。

ふたりは大貴の身体を挟むように密着してくる。

「え、ええ、そんな」

入ってきた勢いでふたりとも、浴衣の胸のところがはだけている。

ノーブラとおぼしきHカップとGカップの白い柔乳が、小さく波打っていた。

「あら、大貴くん、なんだか固くなってない？」

さらには布団の中から声がして、トランクスが引き下ろされた。

綾音の小さくて柔らかい手のひらが肉棒を擦り始めた。

「くう、だって、こんなの、うう、だめ」

両側に上乳を見せつける美熟女ふたり。下半身は奔放な若妻の巧みな指使い。

こんな状況で勃起しない男がいるはずがない。

大貴はたまらずこもった声をあげ、身体をひねる。それでも綾音はしっかりと大貴の下半身を抱えて逃がしてくれない。

「あん」

横寝になって、大貴の顔が向いたのは、真由のほうだった。大きく開いた浴衣の胸元に大貴の顔が埋まる形になり、彼女は少し甲高い声をあげた。

「やだ、大貴くん、甘えん坊の子供みたい」

身悶えているので大貴の頭は、真由の胸にグリグリと押しつける形になっている。

大きく前が開いた浴衣の間で、頬や鼻が白い柔肉に埋もれていた。

「大貴くん」

そんな様子を見て大貴の背中側にいる香菜子も、剝きだしの巨乳を押しつけてきた。

ちらりとうしろに目をやると、薄明かりの中の香菜子の顔は怒っているようにも見えるが、気にしている余裕などない。

（うわ、うわ、おっぱいに頭を挟まれてる）

これは天国か、いやいまの状況を考えたら地獄か。そんなことを思っていると、布団の中で、肉棒の先がヌルリとした感触に包まれた。

「うわっ、ちょっと綾音さん」

いまの状況でフェラチオをされたら、さすがに大貴も自制が利かなくなる。

「私じゃないよーん」

大貴が叫ぶと、なんと綾音は大貴の下半身から手を離して、布団から出てきた。

「あ、あん」

そして目の前では真由が頬を少し震わせて、甘い声をあげていた。

「えっ、嘘」

温かくヌメヌメとした粘膜の感触に、大貴は慌てて布団を引き剝がした。

横寝どうしで向かい合っている体勢の真由が、自らの膣口に大貴の肉棒を飲み込もうとしていた。

「あん、ごめんね大貴くん、うう、私、我慢出来なかった、ああん」

真由は浴衣が完全にはだけ、太腿や乳房を剝きだしにした身体を、自ら下にずらしてきている。

「は、はう、くうう、真由さん、だめ」

昴ぶりきった感じのする熟した媚肉が、彼女独特の強い吸いつきを見せながら、亀頭や竿を包み込んでくる。

あまりの気持ちよさに、大貴は抵抗することなど出来ずにされるがままだ。

「ふふ、もう最後までしちゃおうよ」

真由は身体をずらすたびに喘ぐので、なかなか肉棒はすべて入らない。

そんなふたりを見ていた綾音が、真由の身体を抱えあげた。

「うわ、なにを」

綾音は強い力で真由の身体を持ちあげる。肉棒が入った状態なので大貴は逆らうわけにいかず、従うしかない。

大貴の身体が半回転して仰向けに戻り、真由はその上に跨がる形になった。

「あ、あああ、これ、あああん、ああ、いい」

騎乗位で繋がった真由の中に、残りの肉棒が一気に吸い込まれていく。

大きく背中をのけぞらせた女上司っは、甘い叫びを薄暗い和室に響かせ身悶えた。

「うう、真由さん、うう、くううう」

綾音によって浴衣を脱がされ、全裸となった真由は、間髪入れずに腰を動かしている。濡れた媚肉が亀頭の先端やエラを擦り、大貴も快感の声を漏らした。

「あ、ああん、深いい、ああん、これが、ああん、ずっと欲しかったの、ああん」

Gカップのバストを揺らし、自ら跨がった身体を揺らしている真由は、そんな言葉を口にしながらどんどん溺れていっている。

大きな瞳を妖しく蕩けさせ、唇を半開きにしたまま、切なく訴えてくるのだ。

「うう、くうう、そんなに動いたら、ううう」

吸いつく媚肉が、怒張の根元から先端までを強く締めつけながら、大胆にしごきあげていく。

快感に腰が震え、濡れきった肉壺の中に肉棒が溶けていくような感覚だった。

「うう、くうう、香菜子さん……うう」

無意識に腰をよじらせながらも、大貴はそばにいる香菜子を見た。

開ききった浴衣の間から巨大なHカップを露出した香菜子は、大貴の頭の側に回って膝枕をしてきた。

「ああ……大貴くん」

ここも浴衣がはだけていて剝きだしの太腿が、後頭部に触れている。息をするだけでユサユサと弾んでいる巨乳の向こうで、香菜子は唇を結んでいる。

ただその瞳はどこか妖しい。ここのところ、香菜子とは夫婦同然の生活を送っているので、そんな微妙な変化を感じ取れた。

(香菜子さん……すごくエロくなってる)

大貴が他の女と繫がっているこの状況でも、彼女は発情しているのか？

それはセックスという行為を見せつけられて女の欲望が燃えているのか、それとも他の理由がなにかあるのか。

かわらず真由によって肉棒を責められる快感に喘ぎながらも、大貴は香菜子の濡れた瞳に引き込まれる思いに囚われながら、目の前の巨乳を揉んだ。

「あ、あん、大貴くん、ああ、お願い、吸って」

指が柔乳に食い込むのと同時に、香菜子は小さく喘ぎ、そう求めてきた。

結ばれていた唇もいつしか半開きになっている彼女は、自ら身体を倒して乳房を大貴の顔に押しつけてきた。

「んんん、んんんん」

すでに尖りきっている乳頭部を口に含み、大貴は強く吸った。赤ちゃんが母親に母乳を飲ませてもらう体勢で、固い乳首を甘嚙みする。

「あ、ああああん、大貴くん、ああ、それだめ、ああん、あああ」

軽く歯を立てると、香菜子は浴衣が乱れた身体をくねらせてよがりだした。

香菜子の乳首はかなり敏感になっているようで、大貴はさらに舌で転がした。

「あああん、大貴くん、あああ、乳首いい、あ、あ、ああ」

もう香菜子は顔を蕩けさせて喘いでいる。大貴はさらに手を伸ばして、もうひとつの乳房を揉み、乳首を摘まんだ。

「ああ、真由も、ああ、すごくいい、ああん、もうだめになっちゃう」

そして腰のほうでは、女上司が感極まった声をあげていた。

頭の芯まで興奮に包まれた様子の真由を見ながら、大貴は自ら腰を突きあげた。

「あああん、それ、ああ、だめ、あああん、おかしくなるからあ、はあん」

Gカップの巨乳を踊らせながら、真由は頭をうしろに落として狂い泣く。

大きな瞳ももう完全に宙をさまよい、背中が何度も弓なりになっていた。

「んんんん、んんんん」

もっと感じてくださいと声に出そうとするが、香菜子の乳首を吸っているので言葉にはならない。

その思いを込めて、香菜子の乳首を吸い、真由の膣奥に向かって怒張を突きあげた。

「すご……」

淫らさの限りを尽くすような三人に、スワッピングの経験があるという綾音も呆然となっている。そのくらい三人は快感に没頭していた。

「ひいん、乳首、いい、ああん、ああ、たまらない」

もうひとつの乳首を摘まんで強く引っ張ると、香菜子は大貴を膝枕したまま身体を震わせた。

「あああ、イク、真由、もうイッちゃう、あああ」

そして真由は一気に頂点に向かう。大貴も呼吸を合わせて、怒張を下から激しくピストンした。

「ひあ、奥いい、あああん、イク、イクううううっ！」

巨乳を踊らせた熟女上司は、最後に絶叫をあげて、一糸まとわぬ白い身体を痙攣させた。

下腹がビクビクと波打ち、その脈動が媚肉にまで伝わってきた。

「んんん、ぷは、俺もイクっ」

香菜子の乳首を吐き出し、大貴も絶頂を極めた。肉棒が痺れるような感覚のあと、濡れ落ちた膣奥に向かって精を吐き出した。

「ああぁん、熱いの来てる、ああ、いい、真由の子宮にまで届いてるよう」

甘い表情を見せ、自分の指を噛みながら、真由はエクスタシーに酔いしれている。

射精を受けるたびに、大貴の腰を挟んだ白い太腿がビクビクと引き攣っていた。

「あ、ああん、ああ、だめ」

エクスタシーの発作を何度も繰り返したあと、女上司は横側に倒れ込んだ。

肉棒が抜け落ち、精液がこぼれて竿や玉まで滴っていた。

「はあはあ、すみません、香菜子さん」

射精を終えて熱くなっていた頭が急速に醒めてきた大貴は、慌てて身体を起こして香菜子のほうを振り返った。

欲情に流されるままに、愛する香菜子の前で他の女性といたしてしまった。

「言わないで……香菜子……怒ってないわ」

こちらはまだ興奮しきったままの状態なのか、香菜子はとろんとした目つきのまま、正座をした身体をくねらせている。

「か、香菜子さん……ええっ」

はだけた浴衣も直さずに、香菜子はずっと唇を半開きにしたまま、甘い息を漏らし続けている。

そんな彼女を見て、大貴は呆然となる。まず、挿入をしているわけでもないのに、自分のことを下の名前で呼ぶのを見るのは始めてだった。

「大貴くんが悪いんじゃないの、この子が悪いんだから」

なんだか呂律も回らず、酔っ払っているような様子の香菜子は、大貴の脇に手を入れて立ちあがらせる。

自分はその前に膝立ちとなり、この子と呼んだ肉棒に舌を這わせてきた。

「うう、香菜子さん、そんな」

精液と真由の愛液にまみれた肉棒を舌でなぞる香菜子に、大貴は驚いて目をひん剝いた。さっきまで他の女の中に入っていたモノなのに。

「悪い子にはお仕置きしちゃうから……んんんん」

性交の名残《なごり》を拭うように舐め回したあと、香菜子はだらりとしている亀頭を唇にふくんでしゃぶり始めた。

潤んだ切れ長の瞳でじっと大貴を見あげながら、美熟女は頭を大胆に動かしてくる。

「んんん、んく、んんんん」

唾液の粘っこい音を立てながら、香菜子はフェラチオに熱中している。

はだけた浴衣から飛び出したたわわな巨乳が揺れ、膝立ちの太腿もピンクに上気していて艶めかしい。

「ああ、香菜子さん」

発情した牝となった愛しい人の匂い立つような色香に、大貴は興奮し怒張を再び勃起させた。

そして自分の膝に時々あたっている、揺れる巨乳に手を伸ばすのだ。

「んんん、んく、ああん、だめよ、ああ」

乳首も弄ぶと、香菜子はフェラチオをやめて甘い声をあげた。昂ぶった身体は全身が性感帯になっている感じだ。

「みんなが見てるのに、エッチになり過ぎですよ、香菜子さん」

呆れ半分、乱れる香菜子を見るのが嬉しい気持ちがあと半分、大貴もまた興奮しながら巨大な乳房の先端をふたつ同時にこね回した。

「あ、あああん、そんなの、ああ、だって、ああん、もう我慢出来ないのう」

乳首の快感に身悶える美熟女は、また肉棒に唇を押しつけてきた。

「あふ、んんん、んく、んんんんっ」

そして愛おしそうにしゃぶりまくる。髪を振り乱しての激しい動きに、綾音も呆然となっている。

「香菜子さんって、こんなに激しいんだ……」

綾音の言うとおり、大貴も香菜子にここまでの淫らさがあるとは思わなかった。

牝の本性を全開にする貞淑な元人妻に、大貴の昂ぶりも最高潮だ。

「そろそろいきましょうか、香菜子さん」

「あ……ああ……うん」

そのぽってりとした唇から怒張を引き抜き、大貴は香菜子の浴衣を脱がせていく。

細身の肩のすぐ下から、大きく盛りあがる巨大な肉房を見せつける美熟女を、布団の上に押し倒した。

「みんな見てる前で突きまくりますよ、いいですね」

細身の上半身に比べてむっちりとした白い下半身を開きながら、大貴は瞳を潤ませる香菜子に言った。

「ああ、来てっ、ああ、どれだけ見られても、ああ、笑われてもいいわ」

見られることにもマゾの昂ぶりを覚えている淫女は、自ら腰を揺らしながら訴えてきた。

大貴は彼女の足首をしっかりと摑んで引き裂き、怒張を一気に押し込んだ。

「ひいいん、来た、あああん、固いいい、あああ、たまらない」

ドロドロの状態にあった媚肉を、亀頭が一気に押し拡げて最奥に達した。

強烈な反応を見せた香菜子は布団を摑みながら、仰向けの赤らんだ身体をのけぞらせ、巨乳を激しく揺らした。

「たっぷりと味わってください」

リズムよく腰を使い、大貴は膣奥に怒張を打ち込み続ける。香菜子の弱いところはわかっているので、そこを集中的に攻撃した。

「あ、ああ、だめ、ひ、ひ、そこばかり、ひあ、ああ、ああっ」

呼吸もままならない様子で香菜子は下腹を引き攣らせている。

いきり立つ怒張が愛液を垂れ流す膣口を出入りし、股間どうしがぶつかる乾いた音が薄闇の中に響き渡った。

「ああ、いい、あああん、大貴くん、ああ私、狂っちゃう、ああ」

切ない顔を大貴に向けて美熟女は訴えてくる。その瞳は幸福感に満ちあふれているように思えた。

「狂ってください、僕も、うう、最高です、うう」

香菜子の媚肉の絡みつきも強くなり、肉棒を慈《いつく》しむように包み込んでくる。

その中をピストンするたびに、全身が痺れるような快感がわきあがり、大貴も喘ぐのだ。

「あああん、ああ、イク、もうイクわっ、あああん、イッちゃう！」

大貴の腰が速くなり、香菜子が感極まった声をあげた。

巨乳を激しく波打たせながら、香菜子は桃尻を擦りつけるようにして、仰向けの身体をよじらせた。

「イッてください、俺も、おおおお」

蕩けた媚肉の中で、肉棒も暴発寸前だ。大貴は力を振り絞り、愛液にまみれた膣奥に向かって怒張を突き立てた。

「あああ、すごいい、ああ、あああ、イク、イクうううううっ！」

巨乳が千切れるかと思うほど弾む中で、香菜子は瞳をさまよわせてのぼりつめた。

汗の浮かんだ白い身体が何度も弓なりになり、開かれた両脚がビクビクと痙攣した。

「うう、俺も、くうう、イクっ！」

香菜子の絶頂に脈動する媚肉の奥に亀頭を押し込み、肉棒を爆発させた。

「あああん、熱いわ、ああ、香菜子の子宮に染みこんでくるう、あああん、ああ」

横たえた肉感的なボディをよじらせながら、香菜子は射精を受けるたびにどんどん顔を崩していく。

清楚な仮面を脱ぎ捨てた美熟女は、凄まじい色香を放っていた。

「うう、まだ出ますっ、うう、くう」

彼女の淫情に飲み込まれるように大貴も何度も発射する。快感もかなり強く、出すたびに背中が引き攣った。

「うう、これで最後、うう、くう」

歯を食いしばって最後の精を香菜子の膣奥に出し切る。もう息はあがり、苦しいくらいだ。

「ああ……大貴くん、ああ……」

香菜子のほうも絶頂の発作が収まり、うっとりとした顔で身体を横たえている。

肉棒が引き抜かれると、開かれたままの両太腿の真ん中で、ピンクの秘裂が脈動し、次々と精液を吐き出していた。

(すごい……どんどんエロくなってる)

貞淑だった、いや、昼間はいまも清楚な雰囲気をまとっている香菜子は、経験を積むごとに牝になっていく気がする。

切れ長の瞳を妖しく輝かせる彼女を見ていると、大貴はまた胸が昂ぶりだすのだ。

「さあ、次は私の番よね……へへ、いただきます」

力が抜けて布団に座り込んでいる大貴の股間に、綾音が四つん這いで忍び寄ってきた。目標はもちろん、だらりとしている肉棒だ。

「ちょっと、無理です、綾音さん、うっ」

もうへとへとのはずなのに、綾音の舌が這い回ると大貴は思わず声をあげてしまう。

綾音の舌の動きはねっとりとしてて、亀頭に絡みついていた。

「やだ、私もまだ終わりにしたくないわ。東京に戻るのを断ろうかしら」

その様子を見ていた真由もにじり寄ってきて、大貴の乳首を舐め始めた。

「ええっ！　いや、そんな、うう、はう」

今日が最後だと泊まりに来たのではないのか。濡れた舌で乳首をチロチロと愛撫される快感に喘ぎながら、大貴は声をあげた。

「誰だって、こんなエッチなおチ×チンと離れられないわよ、んんん」

綾音は真由の言葉を肯定すると、亀頭を飲み込んでしゃぶりだした。はだけた浴衣から白い肩をのぞかせながら頭を振ってくる。

「うう、だめですって、香菜子さんが、くう、うう」

呻き声を出しながら、大貴は香菜子を見た。彼女も裸の身体を起こすと、大貴のそばにやって来る。

そして淫靡な目つきをしながら、大貴の首筋にキスの雨を降らせるのだ。

「私はいいのよ、普段は私のことだけを愛してくれたら、ん、ん、たまにはこうしてみんなでしても」

首や頬、そして肩まで何度もキスをしながら、香菜子はうっとりとした顔を見せるのだ。

そして少し恥ずかしげに、すごく燃えたし、と微笑んだ。

「んんん、じゃあ決まりだね、ふふ、しばらくは四人でエッチだ、んんんん」

綾音が嬉しそうに言い、激しく頭を振ってきた。

「ああ、もう東京戻るのやめる、んんんん」

真由のほうも淫情を剝きだしにした表情を見せながら、大貴の乳首にしゃぶりついてきた。

「好きよ、大貴くん、ん……」

そして香菜子は大貴の唇を奪う。全身で女たちの愛撫を大貴は受け止めた。

（もうなるようになるしかないか……）

この先どうなるかはわからないが、いまはこの淫らな美熟女たちに溺れようと、大貴は思うのだった。

（了）

※本作品はフィクションです。作品内に登場する
　団体、人物、地域等は実在のものとは関係ありません。

湯《ゆ》たんぽ人妻《ひとづま》の誘惑《ゆうわく》

〈書き下ろし長編官能小説〉

2024年1月1日初版第一刷発行

著者……………………………………………… 美野 晶

デザイン………………………………………小林厚二

発行人…………………………………………後藤明信
発行所…………………………………株式会社竹書房
〒102-0075　東京都千代田区三番町8-1
三番町東急ビル6F
email：info@takeshobo.co.jp
竹書房ホームページ　http://www.takeshobo.co.jp
印刷所……………………………中央精版印刷株式会社

■定価はカバーに表示してあります。
■落丁・乱丁があった場合は、furyo@takeshobo.co.jp までメールにてお問い合わせください。